나무를 훔친 남자

나무를 훔친 남자

양지윤 소설집

나무옆의자

차례

나무를 훔친 남자

며칠 전 한 남자가 경찰에 구속되었다. 그의 죄목은 절도였는데, 그 평범한 남자에 관한 기사는 여러 신문과 잡지에 흥미롭게 다루어졌다. 그가 돈이나 귀중품을 훔친 게 아니었기 때문이다. 그는 나무를 훔쳤다. 총 87그루의 나무였다.

경찰은 그의 집에 들어갔을 당시를 생생하게 기억했다. "여기가 집인지, 돼지우리인지 했답니다." 집 안에 들어가자마자 지린내와 흙냄새가 났다. 거미와 진드기들이 우글거렸고 집 안은 화분들로 발 디딜 틈이 없었다. 나무들은 다 까맣게 말라 죽어 있었다. 목이 반쯤 꺾이거나 혀를 빼고 죽은 시체처럼 길고 노란 잎사귀를 내밀고 있었다.

남자는 침대 위에 있었다. 평범한 삼십 대 남자였는데 해골처럼 깡말라 있었다. 영양실조로 죽기 직전이었다.

경찰은 곧바로 그를 체포했다. 남자는 힘이 없어 순순히 끌려가면서도 그의 죄목이 '절도'라는 데 대단한 유감을 표명했다. 그는 자신의 죄목이 '확신을 갖지 못한 것'이지, '절도'가 아니라고 했다. 경찰 옆에 낯익은 얼굴도 보였다. 그가 다니던 회사 총무팀 직원이었다. 눈살을 잔뜩 찌푸리고 그를 보고 있었다. 반송장인 남자가 물었다.

"어떻게 아셨습니까?"

총무팀 직원이 말했다.

"새 나무를 구입하지 않은 지 오래됐거든요."

언론에서는 남자를 '나무도둑'이라고 불렀다.

나무도둑 이야기는 금세 화제가 되었다. 다시 한번 말하지만 그가 회삿돈이나 중요 서류를 빼돌린 게 아니라 회사에 있는 나무들을 훔쳤기 때문이다.

그가 당장 죽을 것처럼 보여서 경찰은 그를 병원부터 데려갔다. 남자는 가지 않겠다고 고집을 부리다 그 과정에서 기절했다. 그가 병원에서 깨어나자마자 경찰들이 그를 조사했다. 그는 나무를 훔친 이유가 아무도 나무를 돌봐주지 않았기 때문이라고 진술했다.

"회사에서는 보기 좋으라고 나무를 사고 보기 싫어지면 나무를 버립니다. 나무만 그렇다고 누가 말할 수 있겠어요?"

그의 말은 일리가 있었다. 사람들이 일하는 곳 어디에나 나무가 있었다. 그런데 아무도 관리하지 않았다. 관리하는 사람이 있기나 한 건지 몰랐다. 나무들은 죽은 줄도 모르게 죽어 나갔다. 그리고 교체되었다. 사람도 마찬가지였다.

경찰은 그에게 정신감정을 받게 했다. 의사는 그가 강박증세가 있으며 자신을 나무와 동일시하는 경향이 있다고 진단했다. 그가 나무의 처지에 자신의 감정을 이입한 나머지 그것을 살리려고 훔쳤다는 것이다. 그러나 나무들은 죽었다.

언론에서는 앞다투어 이 일을 취재했다. 기자들은 이 사건을 인권과 연관 지어 해석했다. 그들은 남자가 기껏 나무들을 훔쳐놓고 그것들을 방치한 것에 대해 다양한 해석을 내놓았다. 거기에는 어떤 기막힌 사연이 있어 보였다.

이 사건으로 입장이 난처해진 쪽은 회사였다. 그를 바라보는 언론의 시선이 묘하게 우호적이라, 회사는 애초에 엄중한 처벌을 원하던 것과 달리 일을 크게 벌이지 말라고 입장을 바꾸었다.

그는 벌금만 내고 풀려났다.

기자들이 그를 취재하려고 달려들었지만 그는 택시를 타고 도망쳤다. 그는 죽은 나무들이 있는 자신의 아파트로 돌아갔다. 달라진 것은 없었다. 회사에서는 새 나무를 샀다.

집 안에는 그가 훔쳐 온 나무들이 있었다. 그는 집 안에 빼곡한 나무들을 천천히 바라보았다. 그것들은 죽었고 이제 방법이 없었다. 그는 목을 매 자살했다.

*

그가 처음부터 나무를 훔치려고 했던 것은 아니다. 다른 직원들이 그랬듯이 그도 나무가 있는 줄 몰랐다. 그것들은 움직이지도 않고 소리도 없어서 눈에 띄지 않았다. 나무들은 곳곳에 있었다. 그것들은 회사의 재산이었다.

그는 8년 차 영업사원으로 진급이 한 번 누락되어 아직 대리였다. 그러나 대리나 과장이나 말단 사원이나 하는 일은 비슷했다. 그들은 수백 개가 넘는 거래처들을 관리하고 사업권을 따내는 일을 했다.

동료들은 그를 무시했다. 그의 실적이 꼴찌였기 때문이다. 무능한 사원을 싸고도는 일은 평판에도 이롭지 않아서 그들은 한패가 되어 그를 따돌렸다. 물론 한 줌의 연민도 있었다. 언제 자기도 저렇게 될지 모르니까. 회사는 언제나 그들을 지켜보고 있었다. 그들은 남자처럼 되지 않으려고 당당하고 활기차고 자부심 있는 척했다.

회사에서는 나이가 많고 실적이 저조한 직원들을 내보내기로 마음먹었다. 석 달 전 김 과장이 먼저 잘려나갔다. 김 과장은 사십 대 중반으로 눈알이 탁하고 목소리는 조그마하며 걸을 때나 자리에 앉았을 때나 목이 호리병처럼 굽은 사내였다.

김 과장이 떠나던 날 그는 엘리베이터 앞에서 김 과장을 마주쳤다.

"오 대리, 저 화분 보여?"

김 과장이 눈으로 어딘가를 가리켰다. 둥근 잎사귀가 주렁주렁 매달린 나무 한 그루가 보였다.

"저 나무에 누가 물을 주는지 알아?"

"총무팀 아니에요?"

"총무팀은 나무를 구매하는 곳이지."

"건물관리인은요?"

"건물관리인은 순찰을 돌거나 외부인들 출입을 감시하지."

"그럼 청소하시는 아주머니들은요?"

"아주머니들한테 나무에 물까지 주라고 하면 화를 낼걸."

"그럼 누가 줘요?"

"없어."

김 과장이 말했다.

"없을걸."

오 대리는 생각에 잠겼다.

"나무에 물을 안 주면 죽을 텐데요."

"응, 그래서 이미 수백 그루의 나무들이 죽었어. 나무가 죽으면 총무팀에서 새 나무를 구매하고, 나무를 치우는 건 아줌마들이 하지. 하지만 나무를 관리하는 사람은 없어."

"왜요?"

"여기가 식물원도 아니고 회사에서는 그걸 쓸데없는 돈 낭비라고 생각해."

김 과장이 말했다.

"오 대리, 나무가 없는 사무실을 본 적 있나?"

"아뇨, 못 본 것 같은데요."

"맞아. 어디에나 나무가 있지. 화분이 없는 회사는 없어. 보기도 좋고 공기정화에도 좋거든. 삭막함도 가려주고. 하지만 나무를 보살피는 사람은 없어. 내가 왜 잘렸는지 알아?"

"글쎄요. 설마……."

오 대리가 말했다.

"맞아."

김 과장이 말했다.

"나무에 물이나 준다고 잘린 거야. 그들은 내가 할 줄 아는 게 그것밖에 없다고 생각해."

김 과장이 씁쓸한 미소를 지었다.

"이제 곧 저놈들은 죽게 되겠지."

김 과장이 나무를 쳐다보았다. 나무는 마치 그들의 얘기를 엿듣고 있는 것 같았다. 바람도 불지 않고 햇빛도 들지 않는데도 이파리가 오동통하고 생기가 돌았다. 나뭇가지 하나가 홀로 비쭉 빠져나와 있었는데 마치 김 과장을 붙들려는 애처로운 손처럼 보였다.

오 대리가 무슨 말을 하려는데 엘리베이터 문이 열렸다. 김 과장이 먼저 들어가고 오 대리가 뒤따라 들어갔다. 사람들로 꽉 차서 그들은 아프리카 도마뱀처럼 문짝에 바짝 붙어 섰다.

일 층에 도착하자 김 과장이 먼저 내렸다. 김 과장은 오 대리보다 두어 걸음 앞서 걸어갔다. 그가 걸어가다 말고 멈추어 섰다. 거기에도 화분이 있었다. 그는 그것을 한참 바라보다가 천천히 발길을 돌려 건물 밖으로 나갔다.

그날 이후 오 대리는 나무들을 눈여겨보았다. 사무실에는 수십 그루의 나무들이 있고, 김 과장이 떠난 지 한 달쯤 되자 시들시들해졌다.

잎이 누렇게 뜨고 나뭇가지가 근육 위축증에 걸린 것처럼 비실비실했다. 화분을 덮은 흙은 거미들에게 점령당했다. 거미들이 개미 머리를 파먹고 이끼들이 바다사자처럼 앞발을 포개고 흙더미는 손톱에 낀 오래된 때처럼 검게 말라붙어버렸다. 오래전 김 과장이 꽂아 넣은 걸로 추정되는 영양주사에는 구더기처럼 흰 먼지가 끼었다.

김 과장에게 처음 얘기를 들었을 때만 해도 그는 나무들에 관심이 없었다. 나무를 관리하는 사람이 없는 건 애석하지만 그럴 수도 있다고 생각했다. 누가 나무 따위에 신경을 쓰겠는가. 나무 말고도 해야 할 일이 산더미였다. 나무에 물을 주는 일은 회사의 이익 창출과 관계가 없다. 그래서 아무도 관리하는 사람이 없다. 문제는 회사가 계속해서 나무를 산다는 것이었다. 생각하면 할수록 그 사실이 부당하고 무책임하게 느껴졌다. 그러려면 애초에 나무를 사면 안 된다. 그것은 원래 있던 곳으로부터 그들을 뿌리째 옮겨 오면서 인간이 한 약속이었다.

오 대리는 물을 마시러 정수기 앞에 갔다가 종이컵에 담은 물을 화분에 부었다. 막상 붓고 나니 너무 조금 줬나 싶어 한 컵 더 떠서 부었다. 흙이 물을 게걸스레 빨아 먹었다. 나무는 가만히 있었다.

회사에서 그를 필요로 하는 사람은 없다. 모두가 그의 능력을 의심하고 있었다. 그들은 필요하면 언제라도 그를 대체할 사람을 구할 작정이었다. 나무들처럼. 나무는 많은 걸 바라지 않는다. 애정과 관심만 준다면 나무들은 무럭무럭 자랄 것이다. 그러나 회사는 그마저도 시간 낭비라고 생각했다.

김 과장은 그가 생각했던 것보다 더 책임감 있는 사람이었다. 회사의 생각은 달랐다. 회사가 시키지 않은 일에 시간과 에너지를 쓴다면 일종의 근무 태만이다. 설령 그가 사적인 시간을 쪼개어 썼다 할지라도 회사는 그렇게 생각하지 않는다. 그럴 때 보면 그들은 직원들의 인생 전체를 샀다고 착각하는 경향이 있다.

나무들은 보기 좋으라고 회사에 가져다 놓고 보기 싫으면 쓰레기 취급 당했다. 나무들이 죽으면 새로 사면 된다. 그런데 보기 싫어지는 게 나무들의 탓일까? 사무실에 비가 내리거나 햇빛만 좀 들었더라도 상황은 달라졌을 것이다. 나무들은 비명도 못 지르고 굶어 죽었다. 인간은 그들의 태양과 구름이 되어주어야 했다. 그러나 그 대신 계산기를 두드리고 하루 종일 전화를 걸었다. 머리 나쁜 칠면조처럼 책상에 고개를 파묻고 있었다.

김 과장에게 연락을 해서 그의 계획을 밝히자 김 과장은 뛸 듯이 기뻐했다. 김 과장이 곧장 그에게 메일로 파일 하나를 보냈다.

회사에 있는 나무들의 수종과 연식, 물 주는 주기, 특이사항 등을 적어놓은 것이었다. 옆에는 친절하게 나무들의 사진도 첨부되어 있었다. 김 과장이 남들 모르게 이토록 방대한 자료를 수집하고 있는 줄은 몰랐으므로 그는 조금 놀랐다.

나무들은 다양했다. 소철나무, 측백나무, 벵갈고무나무, 금전수, 파키라, 극락조, 행운목, 올리브나무, 죽백나무, 팔손이나무, 후피향나무, 떡갈잎고무나무, 벤자민고무나무, 무늬콩

고나무, 콤펙타, 황금죽, 관음죽, 폴리시아스, 덕구리난, 마지나타, 해피트리, 피어리스, 킹벤자민, 망고나무, 레몬나무, 아이비, 유칼립투스, 스파티필름, 아레카야자, 홍콩야자, 율마, 금귤나무, 치자나무, 자귀나무, 동백나무, 황칠나무, 아로우카리아, 녹보수, 종려죽, 크루시아, 아랄리아 등등. 한 번도 들어본 적 없는 이름들이었다. 그것들은 이름이 다른 만큼 관리 방식도 다 달랐다. 어떤 나무는 햇살을 싫어하고 어떤 나무는 빛에 집착했다. 어떤 나무는 물을 너무 자주 주면 싫어하고 어떤 나무들은 게걸스럽게 물을 많이 마셨다.

그는 파일에 적힌 나무들을 세어보았다. 일 층에 6그루, 이 층에 16그루, 삼 층에 18그루, 사 층에 15그루, 오 층에 17그루, 육 층에 15그루였다. 그는 건물들을 돌면서 한 번 더 나무들을 세어보았다. 직원들이 개인적으로 책상에 키우는 반려식물을 제외하면 틀림이 없었다. 총 87그루였다.

그가 나무들의 종류와 숫자를 파악하고 나서 한 일은 나무 상태를 체크하는 일이었다. 김 과장이 가고 나서 나무에 물을 준 사람이 없기 때문이다. 식물에 대해 잘은 몰라도 87그루 중 12그루의 상태가 심각했다. 이 층 화장실 옆에 있는 아이비와 오 층 복사기 옆에 있는 금귤나무가 특히 그랬다.

다음 날 그는 아침 일찍 출근했다. 근무시간 중에는 그들을 돌볼 짬이 없고 보는 눈이 많아서 그것밖에는 방법이 없었다.

그는 김 과장이 나무에 물을 줘서 잘렸다는 걸 알고 있다.

처음엔 나무를 구별하는 일조차 힘겨웠다. 나무들은 다 엇비슷하게 생겼다. 그러나 87마리의 유기견들을 키우는 일보다는 87그루의 나무를 돌보는 일이 훨씬 수월할 거라고 낙관적으로 생각하기로 했다. 그것들은 언제나 얌전히 있었다. 돌아다니지도 않고 말썽을 부리지도 않았다. 그의 손과 얼굴을 물지도 않았다.

십팔 층짜리 건물이지만 회사는 일 층부터 육 층까지 사용했다. 다 돌려면 시간이 빠듯해서 그는 오전에 세 개 층, 오후에 세 개 층을 돌았다.

그는 수첩에 따로 물을 준 날짜와 특이 사항을 적어놓았다. 집에 돌아오면 나무들에 대해 공부했다. 그는 동네에 있는 꽃집에도 방문했다. 젊고 상냥한 꽃집 여자는 친절하게 그의 얘기를 귀 기울여 들어주었다. 그녀가 내민 영양제를 나무에 처방하자 기적처럼 나무들이 되살아났다. 그는 일주일에 세 번 이상 꽃집에 갔다. 여자는 우울한 낯빛에 어딘가 사회성이 부족해 보이지만 식물에 애정을 쏟는 젊은 남자에게 호감을 느꼈다. 그녀는 이 많은 나무를 대체 어디에서 키우는 거냐고 물었다.

"회사에서요."

그녀는 좀 더 정확한 진단을 위해 다음에 올 때 나무 사진을 찍어서 가져오라고 했다. 며칠 후 그녀가 시킨 대로 사진을 찍어 보여주었다. 여자가 말했다.

"이 나무는 흙을 갈아줘야 할 것 같아요."

그는 여자가 알려준 대로 분갈이를 했다. 작은 화분은 그럭저럭 수월했지만 큰 나무는 삽과 카트까지 동원해야 했다. 다음 날 팔과 등이 욱신거렸다. 그래도 모처럼 뿌듯함을 느꼈다. 회사에 있는 팔 년 동안 그처럼 보람 있던 적이 없었다. 그가 신경을 쓰는 만큼 나무들은 무럭무럭 잘 자랐다. 처음에는 앙상하고 볼품없던 나무들이 점점 토실토실 살이 오르고 자신감 있는 아이처럼 고개를 쳐들어서 그는 기뻤다.

어떤 때는 나무들이 오 대리를 알아보는 것처럼 느껴졌다. 나무들은 아침이 되면 뭉게구름처럼 풍성한 향을 내뿜었다. 그가 가장 좋아한 나무들은 습한 아열대 지방에서 온 나무들이었다. 그들은 까다롭지도 않을뿐더러 냉혹한 환경을 견뎌온 존재답게 태생적인 열정을 지니고 있었다.

사람들은 나무의 변화를 눈치채지 못했다. 만일 그들이 이 과묵한 생물을 조금이라도 눈여겨봤더라면, 그들이 왜 여기 자신들과 같이 있는지 한 번이라도 생각해봤더라면, 나무들이 죽어갈 때 이들의 건강검진을 총무팀에 의뢰했을 것이다. 그러나 이제 나무들은 건강해져서 사람들은 더욱더 나무를 의식하지 않게 되었다. 그들은 책상이나 컴퓨터, 오래되어 냄새나고 숨이 죽은 카펫처럼 나무들을 바라보았다. 그게 아니면 남의 집 아이처럼 알아서 쑥쑥 잘 클 거라고 생각했다.

회사와 나무의 관계는 인간과 자연의 역사를 보여준다. 인간은 자연을 활용하면서 발전했다. 그러다 언제부턴가 활용과 훼손을 동일시하기 시작했다. 간단하다. 자연은 말이 없기 때문이다. 사람도 비슷하다. 말이 없으면 불평불만이 없다고 생각한다. 정확하게 말하면 불만이 있든 없든 함부로 대해도 괜찮다고 생각한다.

그렇기에 정 상무가 그를 불렀을 때 오 대리는 올 것이 왔다고 생각했다. 나무의 변화는 알아채지 못해도 오 대리의 변화를 지켜보는 눈들이 여전히 존재했기 때문이다. 그들 중 한 명이 그가 아침마다 건물을 돌며 나무에 물을 주는 걸 봤다고 했다. 그들은 이 사건을 매우 재미있게 생각했다. 나무에 물을 주다니 정말이지 한심하다고 생각했다. 그 모습은 오 대리와 잘 어울렸다. 그 생기 없고 소심한 남자는 인간미가 있었다. 그들이 말하는 인간미란 프로답지 못한 걸 의미하며 공과 사를 구분하지 못하는 걸 뜻한다. 회사에 다니려면 둘 중 하나를 선택해야 한다. 기계가 되거나 인간이 되거나.

"회사는 말이 많은 곳이야. 오 대리가 잘리면 나무들이 나서주겠나, 누가 나서주겠나."

정 상무는 본론부터 얘기했다. 오 대리는 아무 말도 하지 못했다. 회사가 자신을 어떻게 보고 있는지 알고 있었기 때문이다.

정 상무는 오 대리의 실적이 얼마나 저조한지 가혹할 만큼 세세하게 다른 직원들과 비교한 뒤 한 번 더 나무에 물이나 준다는 얘기가 들리면 그때는 도와줄 수 없다고 딱 잘라 말했다.

"명심하라고."

그날 오후 남자는 늦게까지 집에 가지 않고 사무실에 남았다. 사람들이 다 떠나고 나서야 비로소 자리에서 일어나 사무실을 한 바퀴 돌았다. 나무들은 밤이나 낮이나 거기 있었다. 그것들은 퇴근도 하지 않았다. 거기가 그들의 집이었으니까. 그러나 그 집은 사랑이 없는 집이다.

그는 나무들을 물끄러미 바라보았다. 나무들도 남자를 바라보았다. 그들은 남자가 누군지 알고 있었다. 자기를 유일하게 보살펴주는 이 남자에게 애정을 느끼고 있었다. 오늘따라 남자의 표정이 쓸쓸한 것을 나무들은 눈치챘다. 그러나 그가 왜 그러는지 알 길 없는 나무들은 그저 거기 서서 언제나처럼 부드러운 미소를 건넬 뿐이었다.

다음 날 그는 정시에 출근했다. 마치 아무 일도 없었다는 듯 일에 몰두했다.

그는 나무들을 외면하려고 애썼다. 나무고 뭐고 존재하지 않던 그때로 돌아가려고 했다. 물론 잘될 리 없었다.

나무들은 어디에나 있었으므로 외면할 수 없었다. 그것들은 그냥 나무들이 아니기 때문이다. 그가 돌봐주지 않으면 언젠가 쓰레기처럼 버려지고 치워질 나무이기 때문이다.

나무들은 강제징용된 노동자들처럼 버티고 있었다. 그들이 거기 온 건 그들의 의지가 아니다. 아무도 알아주지 않는 그들의 쓸쓸한 노동은 계속되었고 그것은 그들이 죽을 때까지 계속될 것이었다. 오 대리가 몰래 그들을 돌봐주었지만 그 일이 발각되자 그들은 다시 죽을 운명에 처했다.

그의 손길이 닿지 않은 사이 나무들은 조금씩 거지꼴을 하기 시작했다. 잎사귀 끄트머리부터 노란 물이 고름처럼 들거나 시들시들해졌다. 몇몇은 쪼그라들었고 가지가 축 늘어져 몸을 가누지도 못했다. 그런데도 순수하다고까지 할 만한 끈기를 놓지 않았다. 그들은 한 번도 희망을 내려놓은 적이 없다.

남자는 어떻게 하면 좋을지 고민했다. 전철에 올라탔을 때 그의 시야에 뭔가가 들어왔다. 어떤 여자가 해바라기 한 다발을 들고 있었다. 그 화사한 색깔에 사람들은 한 번씩 눈길을 던졌다. 그것은 가짜였다. 사람들은 금세 흥미를 잃어버렸다.

그는 집에 돌아와 인터넷을 검색했다. 조화는 많은데 인조 나무 종류는 많지 않았다. 국내 사이트로는 부족해 해외 사이트까지 뒤지고 나서야 37종의 인조나무들을 구했다. 11종의 나무들은 아무리 뒤져봐도 보이지 않았다.

그는 피규어를 제작하는 업체에 메일을 보냈다. 하루 만에 답장이 왔다.

가능합니다

어젯밤 그는 11종의 나무 리스트를 보냈다. 전문가들은 의아해하면서도 이 정도면 식은 죽 먹기라고 말했다. 사람이나 동물의 관절과 근육을 표현하는 것에 비하면 식물 쪽이 훨씬 단조롭고 덜 까다롭다는 것이다. 식물은 일정한 구조와 형태를 가지고 있어 한번 뼈대를 만들어두면 여러 가지로 응용할 수도 있었다.

그들은 이 작업이 한 달 이상 걸릴 거라고 했다. 의뢰인은 펄쩍 뛰며 최대한 시간을 단축해달라고 했다. 더 오래 지체했다가는 식물들이 말라 죽을 것이므로 한 달까지 기다릴 수는 없었다. 이러한 내막을 알 리 없는 업자들은 난처해하며 보름으로 줄였다가 열흘까지 줄였다. 그 대가로 터무니없이 높은 가격을 불렀지만 그 요상한 물건들로 자신의 집을 꾸미려고 한다는 남자의 말에 측은함을 느끼고 깎아주었다. 사람들이 덜 고독해지기 위해 동물보다 얌전한 식물을 키우는 추세였기 때문이다. 그러나 인조나무는 처음이었으므로 그들은 의뢰인의 정신 상태에 약간 문제가 있는가 보다고 생각했다.

그들이 나무를 만드는 동안 남자는 쉬지 않았다. 시간이 얼마 없었다. 그는 자신이 미리 손에 넣은 식물부터 진짜와 바꿔치기하기로 했다.

사람들은 아직도 오 대리를 의심하고 있었다. 그는 일주일에 세 번 이상 야근을 했다. 사람들은 그가 몰래 나무에 물을 줄지도 모른다고 생각했다. 참견하기 좋아하는 몇몇 직원들이 남아서 그를 훔쳐보았다. 이상한 점은 눈에 띄지 않았다. 오 대리는 얼빠진 얼굴로 책상 앞에 앉아 미처 끝내지 못한 업무를 느릿느릿 처리하고 있었다.

시간이 흐르자 그는 다른 사람들의 일을 도와주겠다고 발벗고 나섰다. 처음에는 그의 꿍꿍이를 의심하던 사람들도 점차 그를 부려먹는 데 익숙해졌다. 사람 좋은 오 대리는 다른 말로 이용해먹기 좋은 바보천치였다. 모처럼 오 대리가 일을 열심히 한다며 칭찬하는 소문까지 나돌았다. 그가 일부러 계획적으로 일을 떠맡는 걸 아는 사람은 없었다. 누구도 그가 뒤에서 엄청난 일을 꾸미고 있는 줄 상상도 하지 못했다.

“오 대리님, 이것 좀 해줄 수 있어요?”

그들이 뻔뻔하게 일거리를 내밀 때마다 그는 천사 같은 미소를 지으며 이 세상에 이유 없는 친절은 없다고 생각했다.

물론 그 이유란 저자들과는 관련이 없지만.

오 대리는 기운을 냈다. 생각하면 할수록 그가 얻는 대가란 참으로 아름다운 것이었다. 바로 나무를 살리는 것이었으니까.

오 대리는 사람들이 다 떠나면 지하주차장으로 내려가 차에 미리 실어놓았던 식물을 챙겨서 올라왔다. 그는 신중하게 그 일을 했다. 번거롭지만 비상계단을 이용해 사무실과 지하주차장 사이를 오르락내리락했다. 혹시라도 엘리베이터에서 누군가 마주치면 곤란하니까.

딱 한 번 계단에서 건물관리인과 마주치기는 했다. 그는 오 대리가 일하기 전부터 이 건물에서 일했다. 그도 오 대리를 알고 있었다. 오 대리는 특이한 청년이었다. 지난 이십 년간 이곳에 근무했지만 매일 새벽같이 나와 화분에 물을 주는 직원은 처음 보았다. 사실상 직원들보다 먼저 오 대리의 행적을 발견한 사람들은 관리인과 청소부들이었다. 그들은 누구보다 일찍 하루의 문을 열고 늦게 닫는 사람들이기 때문이다. 오 대리의 행동은 어딘가 괴상하면서도 측은지심을 자아냈다. 배려나 따스함이라곤 찾아볼 수 없는 이 척박한 사막 같은 기업에서 그런 식으로 자신의 신경증을 달래나 보다고 생각했다.

건물관리인은 그를 마주쳤지만 못 본 척했다. 한동안 안 보이긴 했지만 회사에서 경고를 받아서인 줄 알 리 없는 남자는 그가 화분 돌보는 방식을 좀 바꿨나보다고 단순하게 생각했다.

피규어 업체에서 만든 나무들도 속속들이 도착했다. 그들은 열흘이라는 시간을 칼같이 지켰을 뿐만 아니라 완벽한 결과물을 보내주었다. 실제와 분간하기 어려울 만큼 감쪽같았다. 식은 죽 먹기라는 그들의 말은 진짜였다. 그들은 실력이 있었다.

그는 가짜 식물들을 자동차 트렁크에 실었다. 언제 기회가 생길지 몰라서 늘 차에 싣고 다녔다. 다행히 식물들은 플라스틱이나 고무 재질이라 트렁크 안에 오랫동안 넣어놔도 상관없었다. 그것들이 가짜인 이유는 시들지 않기 때문이다. 그것은 다른 말로 관심을 주지 않아도 상관없다는 걸 의미하며 시간에 구애받지 않기 때문에 골프채나 캠핑 도구처럼 트렁크에 넣어둔 채 영영 잊어버려도 걱정할 필요가 없다는 걸 의미했다.

기회는 좀처럼 나지 않았다. 그는 초조해졌다. 자정이 넘어 집에 갈 때도 있었다.

가장 큰 문제는 고무나무 같은 키 큰 나무들이었다. 자기보다 덩치 큰 나무를 안고 계단을 오르내리기란 불가능했다. 그는 사무실 가장 안쪽 귀퉁이에 있는 화물 엘리베이터를 사용했다. 그게 그나마 안전해 보였다.

그는 나무들을 이동식 카트에 올렸다. 그 일은 몹시 힘이 들었다. 하마터면 화분을 깰 뻔하기도 했다. 그럴 때마다 그는 어떠한 형태의 구조 작업도 결코 쉽지 않다는 것을 떠올렸다. 그것은 그만큼의 보람, 무엇보다 숭고함을 느끼게 해줄 터였다. 식물들도 협조적이었다. 그들은 비명도 지르지 않고 굵은 나뭇가지를 살랑거리며 얌전히 그를 따라갔다. 올 때는 대충 처박아놓은 인조나무와 달리 남자는 나무들이 다치지 않게 차 안에 노끈으로 고정한 다음 천천히 차를 출발시켰다.

그의 아파트는 하나둘 화분들로 차기 시작했다. 아파트가 별로 크지 않아서 나중엔 침대만 빼고 어디든 화분이 있었다. 어느 날 그는 문득 저녁을 먹다 말고 화분들을 둘러보았다. 그의 집은 빽빽한 식물원을 방불케 했다.

작전은 성공이었다. 그는 87그루의 나무들을 전부 구출했다.

그는 나무들의 습관과 성격에 맞게 화분의 위치를 다시 정렬했다. 집이 좁아서 관리를 위해서는 꼭 필요했다. 한 그루 한 그루씩 옮기다 보니 시간이 꽤 걸렸다. 그래도 힘든 줄을 몰랐다. 그는 행복했다.

그는 밤이 되면 식물들에 둘러싸여 잠을 청했다. 아침에 일어나면 가장 먼저 화분에 물부터 주었다. 이제 그는 회사에 일찍 갈 필요가 없었다. 그 시간을 집에서 화분들과 함께

보냈다.

회사에서는 화분이 없어진 것을 몰랐다. 애초에 그것들이 진짜인지 가짜인지도 몰랐다. 그것들이 있는 줄도 몰랐으니까.

그는 몇몇 직원들이 나무를 유심히 쳐다보는 걸 발견했다. 그가 놀라서 걸음을 멈추었다. 나무가 가짜인 걸 알아본 건 아니었다. 그들은 잠시 더 서 있다가 발길을 돌려 가버렸다.

오 대리의 눈에 그들은 어리석게 보였다. 온통 가짜 속에 둘러싸여 있으면서도 가짜인 줄 몰랐으니까. 불과 몇 달 전만 해도 오 대리 역시 그들과 다르지 않았다. 그러나 지금 오 대리는 진짜 중요한 게 뭔지 안다. 그의 가슴에 자긍심이 끓어올랐다.

날씨가 점점 더워졌다. 나무들이 한군데 모이자 습기와 열기 때문에 아무리 환기를 시키고 에어컨을 틀어도 숨이 콱콱 막혔다.

남자는 고민에 빠졌다. 막상 나무들을 가져오긴 했지만 집이 좁아서 감당이 되지 않았다. 이런 환경은 나무들에게도 좋지 않을 것이다. 굳이 비유하면 식당 수족관에 돌고래 백 마리를 키우는 것과 비슷할 것이다.

그는 꽃집을 찾아갔다. 그가 한동안 보이지 않아서 여자는 몹시 반가워했다.

"잘 지냈어요?"

그녀는 어느덧 말수가 적고 괴상한 매력을 풍기는 이 남자를 좋아하고 있었다.

"오늘 밤에 시간 있어요?"

"왜요?"

"보여줄 게 있어서요."

남자가 자신의 집으로 초대했다. 뜻밖의 장소이긴 했지만 그녀는 수줍어하며 알겠다고 했다. 그날 저녁 그녀는 평소보다 일찍 가게 문을 닫았다. 한껏 치장을 하고 남자가 불러준 주소로 찾아갔다.

벨을 누르자 그가 문을 열었다.

"어서 와요."

그녀가 현관에 들어갔다. 거기 화분들이 있었다. 사진으로만 보았던 수십 그루의 나무들이 빼곡히 모인 환영 인파처럼 그녀를 향해 손을 흔들고 있었다.

"저게 다 뭐예요?"

"보시다시피 나무들입니다."

"회사에서 키운다고 하지 않았나요?"

"회사에서 더는 키울 수 없다고 해서요. 그래서 말인데……."

그가 어렵게 입을 뗐다.

"혹시 나무들을 좀 맡아주실 수 있나요?"

그녀는 사색이 되었다. 그리고 급한 일이 생겼다고 둘러대고 도망쳤다.

다음 날 그는 김 과장에게 전화를 했다. 그가 자초지종을 말하자 김 과장이 펄쩍 뛰었다.

"오 대리, 제정신이야?"

"뭐가요?"

"나무를 바꿔치기하다니. 그건 절도잖아."

"아무도 있는 줄 모르는 걸 훔친 것도 절도인가요?"

"그걸 말이라고 해? 훔친 건 훔친 거지."

김 과장이 자기 목소리가 너무 컸다고 생각했는지 얼른 목소리를 낮추었다.

"당장 원래대로 바꿔놔. 총무팀에서 눈치채기 전에."

"과장님은 절 이해하실 줄 알았는데요."

"이해해. 하지만 방법이 잘못됐잖아."

"저는 나무들이 죽게 내버려둘 수 없어요."

"오 대리!"

"전 나무도 지키고 저 자신도 지킬 겁니다. 절대로 물러서지 않을 거예요."

"난 자네가 걱정되어서 그래."

"조언 감사합니다. 하지만 전 제 뜻을 굽힐 마음이 없어요. 이 일은 제가 알아서 할게요."

그가 전화를 끊었다. 그는 몹시 상심했지만 나무들을 보자 금세 기분이 나아졌다.

그의 새 세입자들은 싱그러웠다. 그들은 새집에서 안전하고 행복해 보였다.

그는 어디에도 나무들을 보내지 않았다. 정성껏 물을 주고 더 열심히 가꾸었다. 나무들은 때가 되자 꽃잎도 틔우고 열매도 맺었다. 화창한 날엔 합창하듯 일제히 부드럽고 짙은 향을 내뿜었다. 그것들은 본성에 따라 제 할 일을 잘 해내고 있었다. 나무들을 보자 저절로 희망이 생겼다. 비록 실적은 가장 형편없지만 누구보다 성실하다고 자부했다. 때가 되면 노력이 결실을 볼 날이 올 거라고 믿었다.

회사에서 돌아오면 그는 나무들의 불필요한 가지를 잘라내고 세심하게 영양 상태를 살폈다. 그는 이제 나무에 관해 모르는 게 없었다. 가끔 꽃집에도 들렀는데 여자는 딱딱하게 그를 대했다. 그는 필요한 것만 사고 얼른 집으로 돌아왔다.

그즈음 회사에 또 다른 소문이 돌았다. 오 대리가 물을 준 나무가 알고 보니 가짜였다는 것이다.

"전 그게 진짜 나무인 줄 알았는데요."

"아니야, 가짜인데 물을 준 거야."

"에이, 설마."

"모르겠으면 한번 봐봐. 다 가짜라고."

"어머, 진짜네!"

"거봐. 가짜잖아."

"정말 모르고 그랬을까요?"

"모를 리 있어? 딱 봐도 가짜인데."

"미친놈이네."

한동안 사람들은 이 일로 쑥덕거렸다. 그들은 처음으로 나무들을 관심 있게 바라보았다. 그가 진짜 나무와 가짜 나무를 바꿔치기했으리라고는 상상하지 못했으므로 그들은 오 대리가 지금껏 가짜 나무에 물을 줬다고 생각했다.

"그러니까 저 모양 저 꼴이지."

사람들이 웃음을 터뜨렸다.

오 대리도 소문을 들었다. 소문은 전 층에 무서운 속도로 퍼지고 있었다. 어째서인지는 몰라도 총무팀에서는 가만히 있었다. 단 한 번도 인조나무를 산 적 없는 그 부서에서는 이 소문을 아는지 모르는지 침묵을 지켰다.

오 대리도 해명하지 않았다. 진실을 말한다고 무엇이 달라지겠는가? 그들은 계속해서 나무를 죽일 것이다. 죽어도 상관없으니까. 나무가 진짜든 가짜든 물을 주는 건 잘못된 것이다. 그들은 정말 중요한 게 뭔지 모른다. 오 대리는 그 사실이 역겨워 참을 수가 없었다.

그들은 오 대리를 따돌렸다. 마치 오 대리가 나가거나 나무가 나가기를 바라는 것처럼 행동했다. 이런 분위기에 휘말려 김 과장도 나간 게 틀림없었다. 한 가지 다른 게 있다면 나무들은 오 대리의 집에 무사히 잘 있다는 것이다. 그는 나무들을 살렸다. 나무들은 안전하다.

그가 퇴사하겠다고 했을 때 아무도 그를 붙잡지 않았다. 예의상 딱한 표정을 한번 지었을 뿐이다. 그들은 마지막까지 뒤에서 쑥덕거리며 그를 바보 취급했다.

출근 마지막 날 그는 오랫동안 일한 사무실을 둘러보았다. 특별한 건 없었다. 언제나처럼 똑같은 풍경. 이상한 일이다. 불행은 언제나 당사자만 빼고 자연스럽다.

그가 떠나기 전 정 상무가 그를 사무실로 불렀다.

'아무리 힘들어도 그렇지, 인조나무에 물을 주다니.'

처음 소문을 들었을 때만 해도 정 상무는 그 사실을 믿지 않았다. 그는 복도에 있는 나무에 가까이 다가갔다. 손을 뻗어 잎사귀 끝을 문질러보았다. 정말 가짜였다.

"씨팔."

그는 냉정하고 고집스러운 성격으로 그 자리까지 올라갔다. 정 상무라고 회사의 모든 시스템에 만족한 건 아니었다. 그 역시 회사에 대한 억하심정이 있었다. 그러나 그러한 일차원적인 분노가 상황을 해결해주지는 않는다. 그는 오 대리 같은 직원들을 많이 봤다. 착한 성품에 일 처리는 딱 부러

지지 못하는 그들을 내심 딱하게 여겼다. 그러나 인조나무에 물을 주어서는 안 됐다. 그러한 행위는 부적절하며 무엇보다 인생에 도움이 안 된다.

오 대리가 잘못한 게 있다면 인조나무에 물을 준 게 아니라 자신의 말을 듣지 않은 것이다.

오 대리는 쭈뼛하며 맞은편에 앉았다. 막상 그를 보자 연민과 노여움은 사라지고 오직 한마디만 떠올랐다.

"고생했네."

오 대리는 짐을 챙겨 사무실을 나왔다. 엘리베이터는 일층에 있었다. 그 무력한 고철 덩어리가 질질 끌려 올라오는 동안 오래전 김 과장이 가리켰던 나무를 바라보았다. 풍성한 이파리, 굵고 탄탄한 기둥, 푸릇푸릇하고 싱그러운 빛깔. 그것은 고무와 플라스틱으로 만들어진 모조였다. 갑자기 그는 웃음을 터뜨렸다.

박 과장이 지나가다 그 모습을 보았다. 그는 오 대리보다 일 년 후배지만 그보다 우수한 실적으로 먼저 승진했다. 박 과장도 소문을 들었다. 그는 마음속 깊이 오 대리를 동정하고 있었다.

박 과장이 옆에 설 때까지 오 대리는 나무에게서 눈을 떼지 않았다. 박 과장도 같이 나무를 쳐다보았다. 무슨 말을 해야 할지 몰랐다. 그것은 가짜였으니까.

두 사람은 한참을 그러고 서 있었다. 딱히 용건은 없지만 박 과장은 그의 마지막을 배웅해주기 위해 기다렸다. 엘리베이터 문이 열리자 오 대리가 들어갔다.

“안녕히 계세요.” 오 대리가 인사했다.

“조심히 가세요.” 박 과장이 말했다.

집에 돌아오자 나무들이 보였다. 그는 침대에 벌렁 누웠다. 갑자기 피곤이 몰려왔다. 그는 오랫동안 잠을 못 잔 사람처럼 온종일 잠을 잤다. 다음 날도 비슷했다. 침대에 누워 꼼짝도 하지 않았다.

한밤중에 그는 잠에서 깼다. 나무들이 그의 머리 위에 있었다. 그를 에워싸고 그를 내려다보고 있었다. 바람 한 점 없는데도 나뭇가지가 흔들리는 것처럼 보였다. 나무들은 고독해 보였다. 그것은 남자도 마찬가지였다. 그는 어쩌다 이렇게 된 것인지 생각해보았다.

그는 새 일자리를 구하지 않았다. 밖에 나가지도 않고 밥도 먹지 않았다. 오랫동안 창문을 열지 않아서 방에서는 냄새가 나고 먼지가 박쥐처럼 날아다녔다. 나무들이 뱉어낸 숨과 열기로 벽지에 거뭇거뭇하게 곰팡이가 피었다.

그의 방 안은 살아 있는 것들로 가득했지만 그 생명에선 냄새가 났다. 죽음의 냄새.

그는 더 이상 나무들을 돌보지 않았다. 덥고 퀴퀴한 공기로 가득 찬 방 안에서 나무들은 시름시름 앓았다. 그것들은 영문도 모르고 그 집에 있고 기다렸고 살기 위해 몸부림쳤다.

그들이 할 수 있는 건 아무것도 없었다. 그래서 그들은 가끔 생각했다. 왜 사는지, 얼마나 더 기다려야 하는지.

그들은 슬픈 눈으로 남자를 내려다보았다. 남자는 침대 속에 있었다. 이불을 흙처럼 덮고 눈만 끔뻑끔뻑 뜬 채 말라비틀어져 가고 있었다.

*

나무도둑의 자살은 신문 한 귀퉁이에 조그맣게 실렸다.

회사에서도 그 기사를 읽었다. 총무팀에서는 새 나무들을 샀다. 총무팀장은 직원들을 시켜 인조나무들을 몽땅 폐기하게 했다. 인조나무는 이 회사의 오점이었다. 그 일로 회사는 큰 고초를 겪었다.

"당장 치워!"

직원들은 소매를 걷어붙이고 나무들을 날랐다. 큰 나무를 옮길 때는 세 명이 달라붙었다. 어떻게 이 많은 나무를 오 대리 혼자 바꿔치기했는지 경이로울 지경이었다. 그들은 너도나도 혀를 내두르며 식물들을 갈아치웠다.

회사는 조경관리사를 고용했다. 매주 화요일과 금요일에

턱에 흰 수염을 기른 남자가 찾아와 나무들의 상태를 체크했다. 물을 주고 비료를 주고 커다란 가위로 잎사귀를 쳐냈다. 상태가 안 좋은 나무들은 옥상으로 데려가 기운을 차릴 때까지 햇살과 바람을 실컷 쐬게 했다.

사람들은 바쁘게 일하다가도 가끔씩 나무들을 쳐다보았다. 점심을 먹거나, 복사기 앞에 있거나, 엘리베이터를 기다리거나, 전화통을 붙잡고 있다가도 문득문득 고개를 돌려 나무들을 바라보았다. 나무들은 얌전했고, 보기 좋았고, 살아 있었다.

그들은 죽은 오 대리를 떠올렸다. 그들은 오 대리에 대한 좋은 추억을 간직하고 있었다.

'일은 못 해도 괜찮은 사람이었는데…….'

오 대리가 성실하고 따뜻한 사람인 걸 모르는 사람은 없었다. 그들은 참담한 심정으로 손을 뻗어 나무의 잎사귀를 만져보았다. 차갑고 부드러웠다. 확실히 인조와는 달리 결이 살아 있었다.

나무도둑 얘기는 두고두고 회자되었다.

새로 입사한 후배들도 나무를 훔친 선배의 얘기를 들어 알고 있었다. 그들은 그 얘기를 좋아했다. 그들은 새 시대에 어울리는 새 시각을 가지고 있었다. 나무도둑 얘기가 끝나면 그들은 감동해서 말했다.

"그분은 진정 이 시대의 고독한 의인이셨군요."

나무들은 잘 자랐다. 더 이상 아무도 죽지 않았다.

알리바바 제과점

이 도시에서 알리바바 제과점이 유명해진 이유를 말해주겠다. 거기는 세상에서 가장 저렴한 가격으로 보석을 파는 곳이다. 루비, 다이아몬드, 비취, 사파이어, 산호, 오팔, 진주, 자수정, 토파즈, 호박, 흑옥, 백옥, 공작석, 터키석까지.

세상의 모든 보물을 알리바바 제과점에서 살 수 있다. 아침 일곱 시부터 저녁 아홉 시까지 우리는 보석을 판다. 보석 쿠키를 판다.

알리바바에서 인기 있는 쿠키는 오팔과 루비, 진주다. 가장 잘나가는 건 오팔이다. 그 몽환적이고 환상적인 빛깔의 쿠키는 한 입 베어 물면 짠맛, 단맛, 씁쓸한 맛, 신맛, 걸레 같은 맛, 역겨운 맛, 인생이 좆같아지는 맛이 나는데, 사람들은 오팔 쿠키를 못 사서 안달이다. 아마도 그게 무척 재미있다고 생각하는 모양이다.

나는 알리바바에서 십 년을 일했다. 십 년 동안 알리바바의 모든 보석 쿠키를 구웠다. 보석 쿠키가 유명해지자 몇몇 제과점들이 알리바바의 보석 쿠키를 흉내 내 만들었다. 그들은 성공하지 못했다. 알리바바 보석 쿠키의 맛과 형태, 품위는 함부로 따라 할 수 없는 것이기 때문이다.

우리는 하루에 약 만 개의 쿠키를 팔았고 그 엄청난 양의 쿠키를 만들기 위해 40명의 직원이 필요했다. 「알리바바와 40인의 도둑」을 의식한 건 아니고 어쩌다 보니 그렇게 되었다. 매장에 쿠키를 진열하거나 완성된 쿠키를 포장하거나 포스기를 작동하거나 보석 쿠키를 홍보하거나(아주 가끔 진품인지 아닌지 깨물어보고 싶어 하는 사람들이 있다) 사람들에게 설문조사를 하는 직원 등 다 포함해서 그 정도 인원은 필요했다.

그들이 나처럼 모든 쿠키를 만들 줄 아는 것은 아니다. 알리바바의 철칙이 있다면 한 직원당 오직 한 종류의 쿠키만 굽게 되어 있다는 것이다. 저기 큼직한 안경을 쓰고 다리를 저는 마흔 살 넘은 여자는 호박 쿠키만 만들었다. 호박은 천연 벌꿀을 이용해서 만든다. 호박 쿠키만 육 년 넘게 만들다 보니 그녀가 가는 곳마다 꿀벌들이 날아다녔다(그런데도 용케 쏘인 적은 없다). 또 저기 눈이 찢어지고 귓불이 고드름처럼 쳐진 남자는 터키석 쿠키만 칠 년 넘게 구웠다. 초코와 민트로 만드는 그 쿠키 때문에 그는 치약도 박하 향이 없는 것만 썼다. 그들이 들어오기 전까지만 해도 내가 호박 쿠키와 터키석 쿠키를 구웠다. 그밖에 다른 보석들도. 그것들은 모조리 다 내가 개발했다.

알리바바는 본래대로라면 맛대가리 없는 식빵과 피자빵, 기름이 줄줄 흐르는 크로켓, 푸석한 마들렌을 팔다 오븐에 들어갈 운명이었지만 내가 들어가면서 상황이 달라졌다.

내가 보석 쿠키를 제안했을 때 사장은 머리통을 후려 맞은 파리 같은 얼굴로 "마음대로 하세요"라고 말했다. 그는 나를 믿지 않았다. 보석 쿠키라니. 〈알리바바 제과점〉이란 이름만큼이나 그걸 촌스럽게 생각했다. 그러나 보석 쿠키는 잘 팔렸다. 그 울적한 구름 같은 사장은 죽기 직전의 똥파리에서 거대한 날개를 가진 익룡이 되었다.

그는 내가 알리바바를 관둘까 봐 두려워했다. 그 결과 그자가 맨 처음 선택한 방법은 조금 치사했다. 내게서 헐값에 레시피를 뜯어내려고 한 것이다. 물론 나는 넘어가지 않았다. 그가 나를 만만하게 봤다면 오산이다. 내가 그의 인생을 바꾸었다는 걸 잊어서는 안 된다.

그가 나를 해고했을 때 나는 뒤도 안 돌아보고 떠났다. 그자는 직접 보석 쿠키를 만들 생각이었다. 알리바바 출입구 정면에는 그가 프랑스에서 수료한 제빵학교 졸업장이 걸려 있었다. 그것은 가짜였다. 그의 빵 맛은 형편없었다. 그의 빵을 처음 먹었을 때 나는 불같은 증오심을 느꼈다. 먹는 걸로 장난치는 것들은 전부 사형시켜야 한다. 알리바바의 손님들은 그가 만든 보석 쿠키를 먹고 가짜라는 걸 알아차렸다. 손님들은 욕을 하며 떠났다. 이빨이 없는 사람도 그 쿠키가 얼마나 맛이 없는지 알 정도였다. 한 달도 안 돼 사장이 계약서를 들고 나를 찾아왔다. 계약서 내용은 간단했다.

원하는 보수 및 작업환경을 일체 다 제공할 것

나는 알리바바 제과점의 수석 파티시에였다. 알리바바의 모든 과자는 내가 만들었다. 직원들을 채용한 사람도 나다. 사장은 아무런 권한이 없다.

나는 파티시에들이 오직 한 종류의 쿠키만 만들 수 있게 정했다. 쿠키 맛을 좌우하는 반죽은 내가 했다. 혹시라도 사장이 그들을 구슬려서 비법을 알아내면 곤란하니까.

손님들은 닥치는 대로 보석을 샀다. 그들은 눈이 핑핑 돌아서 쿠키를 소쿠리에 쓸어 담았다. 손님들은 주로 여자들이었다. 쿠키를 너무 많이 먹은 나머지 배가 튀어나오고 통나무 같은 허리에 버섯처럼 살이 돋아도 결코 내 쿠키를 끊으려 하지 않았다.

사장은 내 보석 쿠키가 인기가 많은 이유를 궁금해했다.

"진짜 보석도 아닌데 말이야."

그는 내 보석 쿠키 때문에 누가 양 볼을 잡아당긴 것처럼 얼굴이 활짝 폈는데도 내 쿠키를 인정하려 하지 않았다. 질투 때문이다. 그게 그자가 멍청하다는 증거다. 그자가 유일하게 할 줄 아는 일이라곤 내가 원하는 걸 즉각 들어주는 일뿐이다.

나는 손님들이 내 보석 쿠키를 왜 사는지 안다. 그것은 행복을 찾는 일과 비슷하다. 사람들은 세상에 행복이 있다는 걸 알지만 그게 어떻게 생겼는지는 모른다. 보석도 마찬가지다.

내가 알리바바에서 일하는 대가로 받아낸 것들은 지극히 사소한 것들이다. 27평짜리 아파트, 자동차 한 대, 300만 원의 월급. 물론 더 많이 뜯어낼 수도 있었지만 그러지 않았다. 사장은 저것도 아까워 죽으려고 했다. 그자는 구두쇠에 졸보였다. 그자를 염려해서 저 정도에 그친 건 아니다. 저걸로 충분했기 때문이다.

나는 먹여 살릴 식구도 없고 취미도 없다. 서른두 살이고 혼자 살고 있으며 개나 고양이도 키우지 않는다. 나는 주말에도 알리바바에 출근한다. 쿠키 만드는 일만이 유일하게 내가 하는 일이다. 나는 쿠키 만드는 일을 좋아한다.

제과점을 새로 차리는 것도 생각해보지 않은 건 아니다.

그러나 아직은 때가 아니었다. 쿠키 만들기는 몰라도 세금 신고나 상권 회복 문제까지 신경 쓰고 싶지 않았기 때문이다. 사장이 어울리는 사람은 사장을 하고 직원이 어울리는 사람은 직원을 하면 된다. 파티시에는 쿠키를 만들면 된다. 쿠키 만드는 데 전념할 수만 있다면 알리바바가 내 것이든 아니든 상관없다.

*

그날 아침 호박 쿠키 담당자는 출근하지 않았다. 그녀는 지난 육 년간 개근했고 맹장이 터져서 배를 움켜잡고 데굴데굴 구를 때도 알리바바에 있었다. 그녀는 정오가 넘도록 나타나지 않았다. 그건 좀 이상한 일이었다. 나는 직원에게 전화해보라고 했다.

"안 받아요."

호박 쿠키를 만드는 사람은 그녀 말고 한 명이 더 있었다. 그녀만큼 손이 빠르지 않아서 그날 나온 호박은 소량이었다. 손님들도 평소와 다른 분위기를 기가 막히게 읽었다. 다른 날보다 무려 다섯 시간이나 일찍 동이 났던 것이다.

다음 날에도 그녀는 나오지 않았다. 전화도 받지 않았다. 직원들은 그녀가 아무래도 큰 병에 걸린 것 같다고 수군거렸다. 최근에 누가 그녀가 대학병원에서 나오는 걸 봤다는 것이다. 그것 말고도 그녀의 안색이 부쩍 좋지 않은 것, 오랫동안 우울증약을 복용한 것, 그녀가 고양이 한 마리와 단둘이 살고 있다는 얘기도 했다. 사람들은 말수가 적고 늘 음침한 얼굴을 하고 다니던 뚱보 여자를 떠올렸다.

"무슨 일이 있는 건 아니겠죠?" 누군가 말했다.

"설마요"라고 말하면서도 사람들은 께름칙함을 느꼈다.

그녀는 죽지 않았다. 나흘째 되는 날 전화를 받았다. 그녀는 다짜고짜 이제 알리바바에 출근하지 않겠다고 말했다. 무슨 일이 있냐고 물어도 아무 일도 없다는 말만 반복했다. 그녀가 전화를 끊었다.

이것은 알리바바에 전례가 없는 일이었다. 알리바바의 직원 중 아직 단 한 명도 일을 관둔 적이 없기 때문이다. 쿠키 굽는 일에 비해 알리바바의 보수는 후한 편이었다. 어쨌거나 쿠키만 구우면 되므로 소모적인 감정싸움에 시달릴 일도 없었다. 나는 그녀가 왜 그러는지 궁금했다.

나는 그녀에게 직접 전화를 걸었다. 수화기 너머로 한 번도 들어본 적 없는 낭랑한 목소리가 나타났다. 잘 닦인 유리창 같은 목소리였다. 나는 번호를 착각했나 싶어 끊었다가 다시 걸었다. 그녀는 내가 아는 여자가 맞았다. 육 년 전 그녀에게 쿠키 굽는 법을 가르쳐준 이래 그녀의 목소리를 들어본 적이 없기 때문이다. 어쨌든 그녀의 목소리는 듣기 좋았다.

나는 그녀에게 다시 나와달라고 정중하게 부탁했다.

"쿠키는 너나 구워!"

그걸로 충분했다. 그녀는 병에 걸린 게 아니었다. 병에 걸렸다면 그것은 '환멸'이란 이름의 병이었다.

나는 전화를 끊었다. 입이 튀어나와서 '짤주머니'라는 별명이 붙은 녀석에게 〈알리바바에서 일할 장래성 있는 새 직원을 구합니다〉라는 제목의 채용 광고를 걸라고 시켰다.

하루 만에 스무 명도 넘는 사람들이 면접을 보러 왔다. 흥미로운 사실은 그들 중 알리바바의 쿠키를 먹어본 자가 단 한 명도 없다는 것이었다.

그들은 보석 쿠키는커녕 쿠키가 정확히 뭔지도 몰랐다. 마트에서 파는 '오레오'나 '칙촉'이 그들이 아는 쿠키의 전부였다. 그것은 다른 말로 그들에게 일자리는 필요해도 쿠키는 필요하지 않다는 걸 의미했다. 만드는 사람 따로 있고 먹는 사람 따로 있다. 수요와 공급의 원리는 사람마다 수요의 대상이 다르기 때문에 작동된다. 쿠키를 만드는 사람은 쿠키가 필요 없고 쿠키가 먹고 싶은 사람은 쿠키를 만들지 않는다. 그래서 화폐가 개발되었다. 그렇게 하면 쿠키가 필요 없는 사람은 그걸로 다른 걸 살 수 있다. 핫도그나 생과일주스 같은 것들.

그들은 알리바바의 명성을 몰랐다. 그들은 채용공고를 보고 제과점에서 허드렛일을 하게 될 거라고 생각했다. 공고에 단 한 줄만 적혀 있었기 때문이다.

경력, 자격증, 생각 필요 없음.

지원자들이 앞다투어 찾아왔다. 그들은 금은보화로 가득한 동굴에 들어와 다른 걸 찾았다. 확실히 그것도 보석 못지않게 값진 것이긴 했다.

몇몇 이력서는 내 눈을 의심케 했다. 그들 중엔 변호사도 있고 의사도 있었다. 검찰 시험에 합격한 사람도 있었다. 그들이 왜 알리바바에 지원했는지 모르겠다. 어쨌거나 그것은 내 알 바가 아니다. 그들이 과거에 뭘 했는지는 중요하지 않다. 말했다시피 이 일은 경력도, 자격증도 필요 없고 뭐니 뭐니 해도 생각이 가장 필요 없으니까. 그래서 나는 가장 보잘것없는 이력서를 내민 스물세 살 먹은 여자를 뽑았다.

그녀는 들창코에 입술은 모기에 물려 부어오른 것처럼 조그맣고 몹시 낯을 가리는 성격이었다. 오른쪽 뺨에 베개 눌린 자국이 있었는데 자세히 보니 흉터였다. 고등학교를 자퇴하고 아무 일도 하지 않은 걸로 보이는 그 여자에게 왜라고 물어볼 필요는 없었다.

다음 날 새벽 그녀는 늦지 않게 출근했다. 나는 그녀가 입을 작업복을 준 뒤 조리대 앞으로 데리고 갔다.

나는 그녀가 할 일을 가르쳐주었다. 내가 미리 만든 반죽물에 꿀과 생강, 곶감과 오렌지 껍질, 각종 재료가 배합된 가루를 넣은 다음 치대고 밀대로 밀어 틀로 찍어내면 되는 일이었다.

그녀는 넋 빠진 얼굴로 작은 머리통을 흔들며 알아듣는 시늉을 했다. 물론 나는 믿지 않았다. 모든 일이 그렇지만 아무리 쉬운 일도 맨 처음 할 때는 결코 간단하지 않은 법이니까. 그 여자에게는 여러 번의 연습이 필요했다. 나는 충분한 시간을 주었다. 그녀보다 석 달 먼저 들어와 빗자루처럼 치렁치렁한 바지로 온 주방을 쓸고 다니는 녹색 머리에게 그녀를 봐주라고 했다.

세 시간 뒤 나는 그녀의 작업대를 찾아갔다. 그녀는 보이지 않았다. 나는 그녀가 벌써 지쳐 나가떨어졌다고 생각했다. 그러나 그녀는 오븐에서 막 구운 호박 쿠키를 가지러 간 것이었다.

그녀가 트레이를 들고 왔다.

호박은 영롱했다. 투명한 노란색에 백만 년 전에 살아 움직였던 벌레를 가두어놓은 화석처럼 환상적인 검붉은 얼룩들이 눈을 사로잡았다. 그것은 고작 쿠키였지만 정말로 호박처럼 보였다. 여자들의 텅 빈 눈과 텅 빈 목과 텅 빈 허영심을 채워주는 눈부신 호박 보석.

내가 그녀를 쳐다보자 그녀가 들창코를 벌름거렸다. 콧구멍은 두어 번 펄럭거리더니 더 이상 움직이지 않았다. 그녀는 두려워하고 있었다. 그녀의 인생 처음으로 사회에 나와 평가를 받는 순간이었으니까.

나는 호박 쿠키를 물끄러미 내려다보다가 큰소리로 외쳤다.

"당장 매대에 진열해!"

호박 쿠키는 다른 날보다 두 배 더 잘 팔렸다. 그것은 시작에 불과했다.

호박 쿠키는 불티나게 팔렸다. 평소 호박에 관심 없던 단골들까지 너도나도 호박 쿠키를 사 갔다. 다른 보석에 싫증 난 것은 아니다. 그들은 다른 보석도 사고 호박 보석도 샀다. 그만큼 호박의 완성도가 빼어났다. 보석은 많을수록 좋다.

나는 그녀의 자질을 한눈에 알아봤다. 경력, 자격증, 무엇보다 생각이 필요 없는 이 일에 그녀는 엄청난 재능을 보였다. 육 년간 몸 바쳐 일한 그녀의 전임자보다도 훨씬 잘 구웠다.

그녀의 쿠키가 놀라운 것은 호박 속에 든 벌레들이 지나치게 섬세하고 입체적인 나머지 진짜 벌레를 집어넣은 게 아닌가 의심이 들 정도였다는 것이다.

나는 그녀에게 쿠키 크기를 좀 더 키워볼 수 있겠느냐고 물었다.

"한번 해볼게요."

두 시간 뒤 그녀가 쿠키를 들고 왔다. 나는 충격을 받았다. 내 주먹만 한 과자 속에 까맣고 얍삽한 턱을 가진 벌레가 들어 있었다.

"이게 뭐지?"

그녀가 들창코를 벌름거리며 "하이도미르멕스아과 개미예요"라고 대답했다.

나는 감동했다. 그녀는 밤마다 곤충도감과 나무위키를 섭렵하는 게 틀림없다. 그것은 그녀가 쿠키 만드는 실력은 물론 지적 탐구심도 갖추고 있다는 걸 의미했다.

그녀는 매일 아침 각종 벌레를 집어넣은 호박 쿠키를 만들었다. 모기, 파리, 거미, 흰개미, 붉은불개미, 땅벌, 말벌, 딱정벌레, 바퀴벌레, 개똥벌레, 장수풍뎅이, 그냥 풍뎅이 등등. 그것들은 우연이 아니라 그녀가 하나하나 의도한 작품들이었다. 쿠키는 잘 나왔다. 시간이 지나자 그녀는 점점 더 욕심을 부렸다. 잠자리, 나비, 사마귀, 매미, 체체파리, 말라리아, 심지어 전갈까지 넣었다.

손님들은 호박 쿠키 앞에서 걸음을 멈추고 탄성을 질렀다. 그중 한 명이 쿠키를 손에 들고 말했다. "이건 정말 예술이에요!" 그 말은 주방에 있는 내 귀에까지 들렸다. 그것은 사실이었다. 그녀의 쿠키를 본다면 한낱 쿠키도 예술이 된다는 걸 알게 될 것이다.

나는 보잘것없는 그녀의 손끝에서 탄생하는 아름다운 작품들을 바라보았다. 매일 아침부터 저녁까지 환상적인 호박들이 쏟아졌다. 손님들은 행복한 비명을 질렀다. 그녀는 손이 빨라서 호박 쿠키들이 다 팔릴 만하면 금방 두세 판을 만들어 대령하곤 했다.

원래대로라면 호박 쿠키는 그저 그런 쿠키였다. 안 팔리지도 않고 잘 팔리지도 않는(알리바바에서 안 팔리는 쿠키는 없다) 구색 맞추기용 보석 중 하나였을 뿐이다. 호박 쿠키를 찾는 손님들은 주로 중년 여성들로 선물용으로 많이 사 갔다. 그런데 이제 호박 쿠키는 젊은 여자들에게도 인기가 있었다. 그 늦가을 오후의 벌판 같은 따사로운 빛깔은 여자들의 눈을 매혹했으며 한 입 베어 물면 달콤한 꿀이 혀에 이슬처럼 맺히며 마치 신이 멸망한 고대를 회상하며 깨물어 먹는 고급 디저트처럼 느껴졌다.

호박 쿠키는 제과점에서 가장 잘 보이는 곳으로 자리를 옮겼다.

두 달 만에 호박이 진주를 앞질렀다. 개업 이래 처음 있는 일이었다.

그 일로 진주 쿠키를 만드는 직원들은 자존심에 큰 상처를 입었다. 진주 쿠키는 알리바바의 시그니처였다. 최고급 벨기에산 화이트 초콜릿과 아프리카 콩고산 마카다미아를 쓰는 가게는 우리밖에 없었다. 진주 쿠키를 만드는 사람은 총 네 명이었다. 네 사람이 한 사람을 못 이겼다. 그들은 들창코에 모기가 물어 부어오른 것 같은 볼품없는 입술을 가진 여자가 뭔가 수상한 짓거리를 하는 게 분명하다고 의심했다.

"고작 오렌지 껍질로 호랑나비를 만들다니 불가능해요."

그들의 말도 일리가 있었다. 사람들은 자기가 할 수 없는 대단한 광경을 보고 나면 의심부터 하는 버릇이 있으니까. 마치 마술은 보지 않고 마술사의 손만 눈에 불을 켜고 쳐다보는 사람처럼.

나는 그들의 의심을 잠재우기 위해 그들을 그녀의 작업대로 데리고 갔다. 그리고 그녀가 쿠키 만드는 과정을 지켜보게 했다. 그녀는 쿠키 만들기에 너무 열중한 나머지 우리가 있는 줄도 몰랐다. 통통하다 못해 투실투실한 그녀의 손에 수상한 점은 발견되지 않았다. 한 시간 뒤 눈을 의심케 할 만큼 황홀한 호박들이 쏟아져 나왔다.

"이 쿠키의 비밀이 뭘까요?"

그들은 못해도 오 년 이상은 알리바바에서 일했다. 그들이 맨 처음 왔을 때도 그녀처럼 빈털터리였다. 경력도 자격증도 생각도 없지만 딱 한 가지는 들고 왔다. 희망.

그들은 삶을 변화시키고 싶어 했다. 그런 면에서 알리바바는 좋은 직장이었다. 그들은 숙련된 노동자들이었다. 그러나 시간이 지나자 매너리즘에 빠졌다. 아무리 생각 없는 일이라도 매너리즘에 빠진다면 문제가 된다. 나는 그 사실을 일깨워주고 싶었다.

"그만 돌아가세요."

그날 이후에도 그녀의 호박 쿠키를 의심하는 직원들이 심심찮게 찾아왔다. 그때마다 나는 주저 없이 그녀의 작업대로 데리고 갔다. 그녀가 허튼수작하는지 안 하는지 지켜보게 하려고. 결과적으로 그것은 훌륭한 견학 코스였다. 견학이 끝나고 나면 그들은 전보다 더 열정적으로 일했다.

그녀가 진짜 개미나 전갈을 집어넣을 리 없다. 그런데도 결과물을 보면 혀를 내두를 정도였다. 그것은 의심할 여지 없이 완벽한 호박이었다. 그녀가 뭔가를 조작했을 리 없다. 조작한다고 해도 그렇게 완벽한 쿠키를 만들어내기란 쉬운 일이 아니다. 완벽이란 그런 것이다.

그녀를 모함하는 사람은 점점 줄어들었다. 나중에는 모두가 그녀를 인정하게 되었다. 그것은 이렇게 설명할 수 있다. 그녀가 정말로 살아 있는 호랑나비를 넣지 않는 이상 눈앞에 일어난 기적에 대해 우리는 그저 믿는 수밖에 없다.

나는 점심시간에 그녀를 사무실로 불렀다. 사무실은 면접을 보거나 급한 전화통화를 할 때 빼고는 거의 사용하는 일이 없었다. 그녀가 처음 면접을 본 장소도 거기였다. 그래서 그런지 잔뜩 주눅 든 얼굴로 나타났다.

나는 새삼스레 그녀의 얼굴을 찬찬히 뜯어보았다. 누구라도 그녀를 본다면 삶에 용기를 얻게 될 것이다. 그녀는 저능아처럼 보였고 코와 입이 뚫려 있으니 산다는 느낌이었다. 그러나 그녀는 천재였다. 어떤 천재도 얼굴에 천재라고 쓰여 있지 않다. 진짜 보석들은 사람들이 쉽게 찾을 수 없는 곳에 있다. 그것들은 먼지와 진흙과 오물에 가려져 오랜 세월 진가를 복수심처럼 품고 있다. 그러다 누군가에 의해 발견되는 순간 끔찍한 복수를 시작하는 것이다. 당신들이 얼마나 가난한지, 평범한지, 미래가 없는지 깨닫게 하는 것.

나는 내 앞에 보석이 있다는 걸 알아차렸다. 비록 들창코에 못나빠진 얼굴을 하고 있지만 그녀는 진짜 보석이었다.

"앉아요." 내가 말했다.

그녀가 쭈뼛쭈뼛하며 앉았다. 나는 그녀가 이전에 무슨 일을 했는지 물었다. 이를테면 그림을 그렸다든가 미용 기술을 배웠다든가 혹은 다른 섬세한 작업을 하지 않았는지 캐물었다.

"아무 일도 안 했어요."

그녀가 겁에 질려 대답했다. 그 모습이 퍽 순진해 보였다.

"호박 쿠키가 아주 잘 팔려요. 알고 있지요?"

"네."

"다른 사람들이 호박 쿠키에 대해 말이 많은 것도요?"

그녀가 멈칫했다. 아무리 둔한 그녀라도 견학이 반복되자 뭔가 일이 심상찮게 돌아간다는 걸 눈치챘던 것이다.

"내가 오늘 부른 건 부탁할 게 있어서예요. 다른 쿠키를 만들어보는 건 어때요?"

그녀의 콧구멍이 바람에 날려 벤치 다리에 엉겨 붙은 신문지처럼 벌름거렸다.

"제 호박 쿠키에 무슨 문제가 있나요?"

그녀가 불안한 표정을 지었다. 아마도 내가 그녀에게 벌을 내린다고 생각하는 눈치였다. 그러나 알리바바의 누구도 두 가지 이상의 쿠키를 구워본 적은 없다. 알리바바는 오직 한 종류의 쿠키만 굽게 되어 있다. 이것은 아주 민감한 문제이다. 보안 유지라는 중대한 목적도 있지만 한 가지 쿠키만 구워도 아무도 완벽에 다다르지 못했기 때문이다. 그들은 쿠키라면 진절머리를 냈다.

"일손이 부족해요. 오전에는 자수정을 만들고 오후에는 호박을 구워줘요."

그날 오후 나는 그녀에게 자수정 만드는 법을 알려주었다. 그녀는 먼저 내가 하는 걸 얌전하게 눈여겨본 뒤 돌아서서 냉장고에 메모지를 대고 작고 통통한 손으로 메모를 했다. 수업은 얼마 못 가 중단되었다. 내가 그녀를 잠깐 가로챈 사이 호박 쿠키가 다 팔렸기 때문이다. 직원 하나가 다급하게 호박 쿠키가 떨어졌다며 달려왔다. 그녀 말고는 호박 쿠키를 굽는 사람이 없었다.

그녀가 호박 쿠키를 만들게 된 이래 녹색 머리는 긴 바지를 질질 끌며 알리바바를 떠났다. 녹색 머리의 호박이 전혀 팔리지 않았기 때문이다. 다른 사람을 구하는 건 불가능했다. 나는 사태를 완전히 파악했다. 그래서 노련한 관리자답게 이 사태를 해결할 방법을 찾아냈다. 호박 쿠키 가격을 두 배로 올리는 것.

사장은 내 결정을 탐탁지 않게 생각했다. 그는 내가 하는 모든 일을 다 옳지 않다고 생각한다.

"내가 하란 대로 하세요."

그래서 그렇게 했다.

호박 쿠키는 값을 올려도 잘만 팔렸다. 그것은 진정한 호박이었으므로 사람들은 기꺼이 값을 치렀다. 더 사지 못해 안달이었다.

나는 시계를 들여다보았다. 오후 네 시가 훌쩍 넘었다. 나는 내일부터 자수정 쿠키를 만들라고 하고 다시 호박 쿠키를 구울 것을 지시했다. 그녀는 재깍 자기 자리로 돌아가 꼽등이를 넣은 호박 쿠키를 서른아홉 개나 구워냈다.

나는 그 천재가 어떻게 자수정 쿠키를 만들지 궁금했다. 그녀는 천재였으니까. 그 보랏빛을 띠는 쿠키는 어떻게 해도 평범한 블루베리 쿠키에서 더 나아가지 못하고 있었다.

다음 날 그녀가 자수정 쿠키를 들고 왔다. 나는 하마터면 울음을 터뜨릴 뻔했다. 그녀가 밤사이 칠레 탄광촌에 가서 진짜 자수정을 훔쳐 온 게 아닐까 의심될 정도였다. 이것은 블루베리의 혁명이었다. 블루베리는 그녀에게 감사해야 한다.

"당장 매대에 진열해!"

자수정 쿠키는 한 시간도 안 돼 동이 났다. 손님들은 자수정의 영롱한 빛깔에서 눈을 떼지 못했다. 그들은 눈이 뒤집혀서 너도나도 탐욕스럽게 보석을 손에 한 움큼 쥔 뒤 서둘러 계산을 했다.

그녀는 오전에는 자수정 쿠키를 만들고 오후에는 호박 쿠키를 구웠다. 손님들은 그녀가 만든 자수정만 쏙쏙 골라 갔다. 그녀보다 먼저 자수정을 만들던 사람은 서른 살에 머리털이 반 이상 날아간 남자였다. 그는 내가 일부러 그녀에게 자수정 쿠키 만드는 법을 알려줬다고 생각했다. 그는 자존심이 상해서 어쩔 줄 몰라 했다. 쿠키 만드는 일이 그 정도로 자기 자존심을 뭉갤 줄 몰랐으므로 결과적으로 그는 상처받았다. 그래서 그는 부모님의 사업을 돕게 되었다는 거짓말을 하고 사직서를 냈다.

호박 쿠키는 진주를 제치고 루비까지 제쳐버렸다. 자수정 쿠키가 그 뒤를 바짝 추격했다.

알리바바의 보석 세공자들은 갑작스럽게 위기의식을 느꼈다. 그녀가 들어온 뒤부터 하나둘 작업자들이 떠났기 때문이다. 물론 자발적인 결정이었지만 다른 사람들이 보기엔 쫓겨난 것이나 다름없었다.

그들은 틈만 나면 그녀가 만드는 모습을 유심히 살펴보았다(견학 수업은 없어진 지 오래였다). 특별한 건 없었다. 작고 통통한 손을 지휘봉처럼 휘두르면 완벽한 쿠키가 나왔다. 그들은 할 말을 잃었다. 그녀의 쿠키는 걸작이었다.

나는 욕심이 생겼다. 그래서는 안 되는 걸 알았지만 다른 쿠키도 만들어보라고 했다. 청옥, 홍옥, 비취, 터키석, 다이아몬드까지.

그것들은 완벽했다. 그녀는 어떻게 해야 그것들이 빛이 나는지 알고 있었다. 그중에서도 단연 백미는 오팔이었다. 오팔 쿠키를 먹는 사람은 오로라를 먹는 것이다. 우리는 북극에 가지 않고도 세상의 모든 빛과 어둠을 보석상자처럼 입안에 채울 수 있다.

나는 그녀가 만든 쿠키를 팔지 않았다. 호박 쿠키와 자수정 쿠키만 매대에 올라가도록 허락되었다. 그녀가 만든 쿠키를 팔았다가 어떤 결과가 나올지 불 보듯 뻔했다. 그것은 알리바바가 망하는 지름길이 될 것이다. 그녀처럼 모두가 천재가 아니기 때문이다.

나는 언제나 그랬듯이 평범한 작업자들이 만든 평범한 보석 쿠키를 매대로 내보냈다. 물론 만족스러울 리 없었다. 한 번 훌륭한 쿠키를 보고 난 이상 다른 쿠키들이 성에 차지 않았다. 쿠키들은 하나같이 가짜처럼 보였다. 그 사실이 마음에 걸렸다. 언제부턴가 내가 가짜 보석을 파는 사기꾼처럼 느껴졌다.

그녀가 알리바바에 온 지도 일 년이 넘어갔다. 그녀는 성실하고 꾸준하게 쿠키를 구웠다. 내 느낌인지 모르겠지만 그녀의 쿠키는 진보했다.

그녀는 내 특별 관리 대상이었다. 그녀는 내가 하라는 대로 했으며 하지 말라는 건 하지 않았다. 그럴 때 보면 정말 생각이 없어 보였다. 점심시간에 나는 그녀가 밥도 먹지 않고 조리실에 틀어박혀 있는 걸 보았다. 나는 그녀에게 필요한 게 없는지 물어보았다. 그녀는 오랫동안 햇빛을 못 받아 누렇게 뜬 얼굴로 없다고 대답했다. 그 말을 끝으로 다시 고개를 처박고 호박 쿠키 만들기에 전념했다.

나는 어떻게 해야 할지 몰랐다. 내가 느끼는 혼돈에 대하여, 한 번도 의심한 적 없지만 내 일상을 송두리째 흔드는 균

열에 대하여, 아무도 눈치채지 못하게 알리바바에 일어난 중대한 위기에 대하여 긴밀히 상의할 사람이 필요했다. 그러나 불행히도 내 주위엔 그럴 만한 사람이 아무도 없었다. 나는 외로웠다.

나는 머리도 식힐 겸 며칠만 쉬기로 했다. 내가 휴가를 가겠다고 하자 사장은 놀란 표정을 지었다. 지난 십 년간 하루도 쉰 적이 없었으니까. 그러나 그는 그러라고 했다. 그에게 무슨 권한이 있겠는가? 내가 없으면 알리바바도 없다. 그는 내가 하라는 대로 무조건 해야만 한다.

다음 날 나는 차를 몰아 무작정 동쪽으로 갔다. 목적지는 정하지 않았다. 해가 떨어지자 근처 작은 시골 마을에 있는 여관에 들어갔다. 주인은 나이가 지긋한 노인으로 오랫동안 손님 구경을 못 했는지 침까지 튀겨가며 나를 반겨주었다.

나는 거기서 사흘간 머물렀다. 방은 오래되고 냄새가 났지만 주변의 것들은 훌륭했다. 맑은 공기, 새소리, 개소리, 울창한 나무들. 이런 것들이 복잡했던 머릿속을 상쾌하게 씻어주었다.

사흘째 되는 날 여관 주인이 저녁 식사 자리에 초대했다. 그의 집은 여관에서 겨우 십여 미터 떨어진 곳에 있었다. 세월에 닳아버린 그의 몸뚱이만큼이나 낡아빠진 집이었다.

그는 여든 살 가까이 먹은 노인으로 나에 대해 몹시 궁금해했다. 그가 무슨 일을 하는지 물었다. 쿠키를 만든다고 하자 관심을 보였다. 나는 혹시 몰라 챙겨온 보석들을 몇 개 꺼냈다.

그가 신기한 눈으로 쿠키를 요리조리 살폈다. 빨간 쿠키를 가리키더니 이름이 뭐냐고 물었다.

"루비요."

"이건?"

"진주요."

"이건?"

"이건 호박이고 저건 금강석이지요."

"이름이 참 특이하네요."

"보석 이름이지요."

"진짜 보석은 아니잖아요."

"아니죠."

"쿠키지요."

"쿠키지요."

그가 껄껄거리며 웃었다. 늙은 아내가 차를 들고 다가왔다. 그가 아내에게 쿠키를 건넸다.

"이것 봐. 보석 쿠키라네."

아내도 재미있다는 듯 웃었다. 두 사람은 사이좋게 보석 쿠키를 깨물어 먹었다.

나는 약간 기분이 상했다. 두 사람이 내 쿠키를 비웃는 것처럼 느껴졌기 때문이다. 그전까지 한 번도 내 쿠키에 감탄하지 않은 사람이 없었다. 그러나 곰곰이 생각해보면 그들이 그러는 것도 당연했다. 평생 살면서 호박이나 루비, 진주 같은 건 본 적이 없을 테니까.

그러나 내 방으로 돌아왔을 때 나는 중대한 사실을 깨달았다. 어째서 여태껏 그 사실을 잊고 있었는지 모르겠다. 이것이 쿠키지, 진짜 보석은 아니라는 것이다.

그녀가 오기 전까지 알리바바는 아무 문제가 없었다. 보석 쿠키를 사려는 손님들로 언제나 가게는 문전성시였고 우리는 그들이 원하는 만큼 보석 쿠키를 만들었다. 덕분에 손님들은 보석 쿠키를 먹으며 행복해했다. 그것이 내가 보람을 느끼는 이유였다. 그 일은 나를 기쁘게 했다.

그런데 이제 그 일은 나를 불행하게 만들고 있었다. 그녀가 진짜 보석 같은 쿠키를 만들었기 때문이다. 그녀가 만든 쿠키가 너무 진짜 같아서 사람들은 그녀의 쿠키만 사려고 했다. 그 일로 쿠키 노동자들은 물론 손님들이 먹을 쿠키까지 줄어들었다. 그게 과연 옳은 일일까? 그녀의 솜씨가 훌륭한 게 잘못은 아니지만 그것 때문에 많은 사람이 쿠키를 먹지 못하게 된다면 문제가 된다. 이것은 한낱 쿠키일 뿐이니까. 쿠키가 보석이 될 수는 없다.

'그녀를 쫓아내야겠어.'

나는 갑자기 마음이 편해지면서 그 더럽고 꼬질꼬질한 방에서 오랜만에 깊은 잠을 잤다.

나는 예정보다 일찍 알리바바로 갔다. 마음이 홀가분해졌으므로 더 이상의 휴식은 필요 없었다. 내가 없는 동안 알리바바는 휴업 상태였다. 알리바바의 보석을 만드는 결정적인 비법은 내 손안에 있었으므로 제과점도 별수 없이 강제 휴업이었다.

나는 쿠키의 맛을 좌우하는 반죽물을 누구에게도 알려주지 않았다. 물론 그녀에게도.

내가 없는 한 보석 쿠키는 존재하지 않는다. 그러나 예상을 깨고 알리바바의 문은 활짝 열려 있었다.

진열장에 보석 쿠키들이 한가득 쌓여 있었다. 그것들은 영롱하고 아름다운 자태로 도적들의 약탈을 기다리고 있었다. 나는 허둥대며 주방으로 들어갔다.

"어떻게 된 거야?"

마침 그녀가 막 구운 쿠키 쟁반을 들고 오고 있었다. 그녀가 날 보자 쟁반을 바닥에 떨어뜨렸다. 쿠키들이 산산조각이 났다.

"직원들은?"

나는 부리나케 주방 곳곳을 뒤져보았다. 아무도 보이지 않았다. 그제야 상황 파악이 됐다.

"멍청한 녀석!"

내가 없는 사이 사장이 그녀를 구슬릴 수도 있다는 걸 왜 미처 생각하지 못했을까? 그 악랄한 인간은 그녀가 쿠키를 만드는 조건으로 내게 약속했던 것들을 주겠다고 한 게 틀림없다. 차, 아파트, 높은 연봉. 그러나 그녀는 아무것도 받지 못했다. 그녀가 한 계약은 노예계약이었다. 직원들을 몰아내고 나까지 몰아내리란 걸 그 멍청한 여자는 몰랐다. 그녀는 그저 거기 적힌 단 한 구절에 끌렸을 뿐이다.

죽을 때까지 쿠키를 만들 것

나는 그녀가 구운 쿠키들을 먹어보았다. 하나같이 역겨운 맛이 났다. 그 쿠키들은 겉보기엔 완벽했지만 도저히 먹을 수 없었다. 나를 놀라게 했던 그녀의 호박 쿠키에서는 죽은 바퀴벌레 맛이 났다.

나는 그녀를 데리고 사장실로 갔다. 그리고 쿠키를 내려놓았다.

"이건 똥맛이 나요."

사장은 거만한 얼굴로 상관없다고 말했다.

"이건 진짜 보석이니까요."

그가 보석감정사처럼 쿠키를 들고 황홀하게 바라보았다.

"후회할 겁니다."

내가 경고했다.

"다시 찾아와 애걸해도 소용없어요."

사장은 눈 하나 깜빡하지 않았다. 그저 양손을 깍지 낀 채 똥맛 쿠키를 만드는 작은 노예를 흐뭇하게 바라볼 뿐이다.

그렇게 믿을 수 없게도 알리바바를 떠난 최후의 직원은 내가 되었다.

내가 사장실을 나왔을 때 그녀는 비참한 개가 핥고 지나간 얼굴로 나를 쳐다보았다.

내가 문을 열고 나가는 순간에도 손님들은 나를 밀치고 들어왔다. 나는 일부러 서서 그들을 지켜보았다. 한 손님이 똥맛 쿠키를 먹더니 황홀한 표정을 지었다. "입에서 폭죽이 터지는 것 같아요!" 나는 심한 충격을 받았다. 쿠키의 모습에 현혹된 나머지 미각까지 잃어버린 모양이었다.

나는 문을 열고 나왔다. 그리고 마지막으로 한 번 더 나만 빼고 전부 있는 알리바바를 바라보았다.

*

나는 알리바바가 오래가지 못할 거라고 생각했다. 그것은 크나큰 착각이었다. 알리바바는 망하지 않았다. 망하기는커녕 내가 있을 때보다 더 잘나갔다.

그녀는 온종일 지쳐 쓰러질 때까지 보석을 만들었다. 그녀 혼자서 그 많은 보석을 다 만들 수는 없었으므로 처음에 사장은 다른 사람을 고용했다. 그게 어리석은 짓이란 걸 깨닫는 데는 오래 걸리지 않았다. 다른 사람이 만든 쿠키가 수준 미달이라 아무리 팔아보려 해도 도무지 팔리지가 않았던 것이다. 그 결과 사장은 쿠키 가격을 대폭 올렸다. 그래도 쿠키는 잘 팔렸다.

그녀의 쿠키는 진짜 보석처럼 보였다. 그것은 먹을 수 있는 보석이라서 사람들에게 악마 같은 만족감을 주었다. 보석 때문에 열등감을 느낀 사람들이 역으로 복수를 시작한 것이다. 그들은 이빨로 보석을 깨물어 산산조각냈다. 자신의 목구멍에 삼킨 뒤 진짜 똥으로 만들었다.

사장은 그녀에게 쿠키를 더 만들라고 했다.

"더!"

"더!"

"더!"

그는 "더!"라는 말밖에 할 줄 몰랐다. 그 탐욕스러운 인간은 발을 동동 구르며 조리실 한편에 접이식 침대를 가져다 놓았다. 한때 40인을 수용했던 알리바바에 그녀의 침실이 생긴다고 문제 될 건 없었다.

그녀는 집에 가지 않았다. 알리바바에서 잠을 자고 눈을 뜨자마자 쿠키를 만들었다. 그래도 쿠키 양이 부족해서 사장은 신경질을 부렸다. 그 가엾은 여자는 잠도 줄이고 먹는 양도 줄였다. 하루 종일 쿠키를 만든다고 허리를 굽히고 있던 탓에 할머니처럼 구부정하게 걸어 다녔다.

당연한 말이겠지만 알리바바는 그녀의 외출도 허락하지 않았다. 사장은 눈에 불을 켜고 그녀를 감시했다. CCTV도 여덟 개나 달았다. 그녀에게 제대로 된 월급도 주지 않았을 게 뻔하다. 그런데도 그녀는 알리바바를 떠나지 않았다. 오로지 쿠키 굽는 일에만 매달렸다. 당연하다. 생각이 없으니까.

그 작은 천재는 똥맛 쿠키를 만드는 데 자신의 젊음과 재능과 미래를 허비하고 있었다. 호박에 갇힌 벌레. 내 눈엔 그렇게 보였다.

나는 새벽에 몰래 알리바바에 들어갔다. 만일을 대비해 비상용 열쇠를 버리지 않고 갖고 있었다. CCTV는 진즉에 손을 써두었다.

내가 왜 이러냐고? 알리바바에 미련이 남아서가 아니다. 그녀가 내 작품을 망치는 걸 더 이상 지켜볼 수 없었기 때문이다.

그녀는 새우등을 하고 자고 있었다. 얼마나 고단했는지 옷도 갈아입지 않고 코까지 골며 곯아떨어져 있었다.

내가 불을 켜도 그녀는 꼼짝도 하지 않았다. 어깨를 흔들어 깨우자 비명을 지르며 깨어났다.

그녀는 내가 사장인 줄 알고 부리나케 조리대로 달려갔다. 그러다 어딘가 이상하다는 걸 깨닫고 나를 돌아보았다. 그녀가 차분하고도 순종적인 표정을 지어 보였다. 다행히 아직 나에 대한 존경심이 남아 있는 모습이었다.

나는 한때 그녀의 위엄 있는 상관으로서 알리바바를 떠날 것을 명령했다.

"안 돼요."

그녀가 말했다. 나는 당황했다.

"왜 안 돼?"

"그야……."

그녀가 얼빠진 표정을 지었다. 왜 그런 걸 물어보냐는 얼굴이었다.

"쿠키를 구워야 하니까요."

나는 할 말을 잃었다. 그녀의 머릿속에는 온통 쿠키뿐이었다. 자기 인생이 어떻게 되든 말든 쿠키를 구울 생각밖에 없었다. 쿠키만 구울 수 있다면 오븐에 들어가래도 들어갈 여자였다.

나는 사람 보는 내 안목이 얼마나 뛰어난가와 동시에 그녀에 대한 설명하기 힘든 애정을 느꼈다. 그녀는 진짜 천재였다. 바보가 된 천재. 사람들은 천재를 바보로 만들지 못해 안달한다.

나는 그녀에게 여길 떠나야만 한다고 했다.

"왜요?"

그녀가 물었다.

"다른 데서도 쿠키는 얼마든지 만들 수 있어."

"어디서요?"

"내 제과점."

뜻밖에도 그런 말이 내 입에서 튀어나왔다. 그전에는 한 번도 그런 생각을 해본 적이 없다. 그런데 막상 말하고 나니 그녀만 있으면 그것도 괜찮을 것 같았다. 그녀 때문에 내 생애 처음으로 제과점을 차려볼 용기가 난 것이다.

"내가 반죽물 만드는 법도 알려줄게. 그럼 네가 만든 쿠키에서 똥맛도 안 날 거야."

내가 신이 나서 말했다. 그녀의 동공이 커지더니 입이 천천히 벌어졌다. 그전까지 나는 그녀가 웃는 걸 본 적이 없다. 그 미소는 아주 예뻤다. 그녀도 자기에게 그런 표정이 있는 줄 몰랐을 것이다. 사람은 가장 행복한 순간 자기 얼굴은 못 보는 법이니까.

나는 그녀의 준비가 끝날 때까지 기다려주었다. 오 분도

채 걸리지 않았다. 알리바바에 그녀의 물건은 전혀 없었다. 그녀가 챙겨야 할 것은 그녀의 몸속에 있었다. 사장은 물론 세상 그 어떤 도적도 훔쳐갈 수 없는 이 세상에서 가장 값진 보석.

가게 문을 나서기 전 그녀가 걸음을 멈추었다. 어둠 속에서 쿠키들을 바라보고 있었다. 그녀가 만든 보석들이 영롱한 빛깔을 뽐내며 켜켜이 쌓여 있었다.

나는 쿠키들을 집어 던졌다. 그리고 발로 밟아 으깨버렸다. 그녀가 소리를 질렀다.

"괜찮아."

내가 그녀의 손을 잡았다.

"고작 쿠키일 뿐이야."

그렇게 우리는 알리바바를 영원히 떠났다.

우리 시대의 아트

며칠 전 도시에 큰 산불이 났다. 강풍이 몰아닥치자 화염이 번졌고 불에 타던 나뭇가지가 날아와 산골에 있던 공장을 태워버렸다. 화염을 피한 창고에는 기적처럼 살아남은 흰 운동화들이 쌓여 있었다. 그것은 마치 불을 피해 날아온 희망의 비둘기처럼 보였다.

공장 사장은 운동화들을 기부했다. 그전까지는 사회에 뭔가 베풀어본 적이 없지만 그 불운한 사건을 계기로 그는 완벽하게 개인적인 것은 없다는 걸 알게 되었다. 그는 벙거지를 쓰고 남루한 행색을 하고 있었다. 당장 오늘 밤부터 산에 들어가 살 생각이라고 했다. 그는 장기 기부를 하고 떠나는 뇌사자 같았다. 그는 거지가 된 것이다.

우리는 침묵했다. "새 출발이 되실 겁니다." 용기 있는 누군가가 말을 건넸다.

다음 날 우리는 운동화를 들고 거리로 나갔다. 나는 절도죄로 사회봉사 120시간을 선고받았다. 생각보다 봉사는 내 적성에 잘 맞았다. 노숙자들이 빈털터리라서 내 분노와 욕심을 잠재워주었다.

그들은 나를 천사라고 생각했다. 어떻게 보면 그들은 운이 좋은 사람들이다. 천사를 쉽게 만나니까.

나는 운동화가 든 자루를 들고 거리로 나갔다. 노숙자들이 나를 알아보았다. 우리는 그새 친구가 되었다. 노숙자들은 운동화를 보고 실망했다. 그럴 만하다. 그들은 이미 헌것과 새것의 의미가 없어진 자들이다. 곰곰이 생각해보라. 헌것에서 새것으로 갈아타야 하는 이유가 무엇인가? 새 신발을 신는다고 해서 새 출발을 할 거라고 생각하면 오산이다.

나는 노숙자들이 신발로 뭘 할지 알고 있었다. 그들은 그걸 담배나 술로 맞바꿀 계획이었다. 그전에도 내가 종종 구호품을 주면 그런 짓을 했다. 나는 알면서도 모르는 척했다. 심지어 도와주기도 했다. 운동화 한 켤레로 인생을 바꾸다니. 나이키 광고에나 나올 법한 꿈 같은 소리다. 그들은 어떻게 하면 운동화로 더 많은 술과 담배를 살 수 있을지 궁금해했다.

그런데 정말 그런 꿈 같은 일이 벌어졌다.

한 남자가 내가 준 운동화에 그림을 그렸다. 그것은 그림이랄 수도 없는 것이었다. 그는 나이키 로고를 직접 매직으로 그렸다. 매일같이 바닥에 꿇어앉아 있다 보니 자연스럽게 사람들의 신발에 눈이 갔다. 그중에서도 나이키 로고가 가장 쉽고 간단해 보였다. 물론 멋도 있었다. 그래서 길에서 주운 검정 매직으로 번개 모양을 그렸는데 생각보다 정교했다. 그는 그것을 상인들한테 팔러 갔다.

"뭐야, 이거 그린 거잖아!"

상인들이 실소를 터뜨렸다.

"그래도 발상 하난 기막히네."

그중 한 명이 신발을 샀다. 가게 주인은 담배 한 갑밖에 주지 않았다. 평소 같으면 두 갑은 줬을 텐데 매직으로 낙서를 했다고 한 갑으로 줄였다. 또 다른 노숙자가 운동화를 팔러 갔다가 그 사실을 알게 되었다. 그는 한때 쇼핑몰에서 일한 적이 있어서 신발이나 옷에 대해 잘 알았다.

"이게 진짜 나이키야!"

그가 자기 신발을 벗어 보여주었다. 그것은 진짜 나이키였다. 그는 그 신발을 쓰레기통에서 주웠다.

그 일로 문제의 남자는 신발에도 진짜와 가짜가 있다는 걸 처음 알았다. 그것이 진짜인지 가짜인지는 그것을 만든 사람에 의해 결정된다. 나이키 공장 사장이 만들면 진짜지만 그가 만들면 가짜가 된다. 진짜는 담배 세 갑도 받지만(어쩌면 열 갑도 받는다) 가짜는 담배 한 갑도 겨우 받는다. 그게 시작이었다. 다음 날부터 그는 자기 그림을 그리기로 결심했다.

재능을 가진 사람은 재능을 펼칠 욕구도 가지고 있다. 욕구는 일종의 방귀처럼 언젠가는 터져 나오고 만다. 나 역시 손기술을 타고나서 도둑질을 하게 됐다. 물론 그 재주로 요리나 미용, 타일 시공을 할 수도 있었지만 나는 도둑질을 했다. 누구 밑에서 일하기는 싫었으니까. 돈 때문에 굽신거리고 알랑방귀를 뀌는 건 내 적성에 안 맞는다. 그런 일이 적성에 맞는 사람이 어디 있겠느냐마는 참을 수 없다는 얘기다. 어쨌거나 나는 이 손을 어쩌지 못해서(도둑들이 자꾸 물건을 훔치는 이유는 손을 잘라낼 수 없기 때문이다. 재범을 막으려면 평생 아기처럼 손 싸개를 씌워야 한다.) 소년원에도 여러 번 들락거렸고 성인이 되어서도 버릇을 고치지 못했다.

내가 마지막으로 돈을 훔친 곳은 샌드위치 가게다. 나는 거기 단골이었다. 숱한 범죄들이 익숙한 데서 발생한다. 멍청하고 머리 나쁜 놈들이나 무턱대고 아무 데서나 욕구를 방출하는데 그것은 단순한 성질 부리기에 불과하다. 어쨌거나 나는 샌드위치 가게에 대한 모든 조사를 끝냈다. 그곳의 하루 매출과 도어락 비밀번호, 그리고 가장 중요한, 사장님이 어떤 사람인지에 대해 알아냈다. 그녀는 좋은 사람이었다. 서른여섯 살에 기본적으로 물러터진 여자였다. 한 달에 한 번 고아

원에 샌드위치를 기부하는 봉사를 했다. 일 년 사귄 남자친구가 있는데 내가 보기엔 그 녀석도 여자친구 등골을 빼먹으려고 붙어 있는 게 분명했다. 경찰서에서 그녀는 내가 누군지 단번에 알아보았다. 내가 그녀에게 봐달라고 애걸했고 당연한 말이지만 그녀는 선처해주었다. 그 결과 120시간의 봉사활동을 구형받고 노숙자들의 삶 속에 뛰어들었다. 물론 나는 노숙자는 아니지만 그들을 보고 있자면 나 역시 언젠가 저들처럼 될 수도 있겠다는 생각이 들었다. 왜냐하면 그들도 자기가 이렇게 될 줄 몰랐기 때문이다. 그들은 내가 물건을 훔쳐서 자기들 옆에 있는 줄도 모르고 자기들을 돕는 나를 기특해했다. 그래서인지 몰라도 자기들만의 비밀을 알려주었는데(어딜 가면 공짜 커피를 마실 수 있다든가 어느 지하철역 화장실에 가면 뜨거운 물이 나온다든가 등등) 별로 나한테 도움 되는 얘기는 아니었다.

다시 이야기로 돌아가면 그 길거리 사업가도 비슷한 마음에서 자신의 계획을 알려주었다. 그는 매일 길바닥에 앉아 사람들의 신발을 연구했고 그 결과 여러 개의 도안을 축적하게 되었다. 그러나 나는 그가 그린 다른 그림들에 주목했다. 그것은 그저 오가는 행인들을 스케치한 것이었다. 그것들은 좀 멋졌다. 나는 그의 그림이 뱅크시 같다고 칭찬해주었다.

"뱅크시가 누구야?"

"영국의 화가예요. 거리에서 그림을 그려요. 벽이나 바닥에다가요."

"왜 거기다 그려?"

"몰라요."

"돈이 없나?"

"아닐걸요. 뱅크시가 그린 그림이 일억도 넘는대요."

"벽에 그리면 못 팔잖아."

"그러게요."

"이해가 안 되는데."

그러나 그는 내 말에 자극을 받은 듯했다. 그날부터 온종일 담벼락과 길바닥에 그림을 그리기 시작했다. 누가 버린 페인트로 길바닥에 그리다가 경찰들한테 쫓겨났다.

"아저씨, 여기서 낙서하시면 안 돼요."

"이건 낙서가 아니라 아트예요, 아트!"

"아트? 웃기시네."

그는 자기가 '한국의 뱅크시'라고 말했다. 경찰들은 뱅크시를 'bank(은행)'로 알아들었다가 나중에는 'bankruptcy(파산)'로 알아들었다. 그때부터 그의 별명은 '뱅크럽시'가 되었다. 그는 걸인들에게 자랑스럽게 자신을 뱅크럽시라고 소개했다. 그리고 더 대담하게 그림을 그리고 다녔다. 눈에 보이는 곳이면 무조건 그려대기 시작했다. 그의 시그니처는 오줌 갈

기기였는데 그것 때문에 여기저기서 민원이 들어왔다. 화가 난 주민들이 경찰에 협조를 요청했다. 그러나 경찰들이 할 수 있는 일은 없었다. 경찰이 잡으려고 하면 뱅크럽시가 꽁무니를 빼거나 막상 잡아도 너무 더러워서 경찰서로 끌고 가는 게 상당한 부담이 되었기 때문이다. 그는 정말 거리의 예술가처럼 보였다. 동네 상인들 사이에서도 뱅크럽시는 화제의 중심이었다.

"어이, 뱅크럽시. 오늘도 뭣 좀 그렸나?"

상인들이 그림을 그려주면 담배 몇 개비를 주겠다고 장난을 쳤다. 그런 식으로 그는 술이나 담배를 받아왔다.

"네 말이 맞아. 뱅크럽시는 천재였어."

노숙자들도 뱅크럽시를 예술가로 인정하게 되었다. 그들은 이 사건에 몹시 고무되었다.

"이봐, 뱅크럽시. 나도 아트할 수 있나?"

"물론이지."

"아트는 어떻게 하나?"

"내 걸 하면 되네."

"우리 같은 거지들한테 내 것이 어디 있나?"

"그걸 찾으면 아트가 되는 거라네."

그 바람에 한때 동네 일대가 난리가 났다. 노숙자들이 아트를 하겠다고 너도나도 뱅크럽시를 따라 건물 외벽에 그림을 그렸던 것이다. 그러나 아무도 뱅크럽시처럼 유명해지지는 않았다. 누구도 뱅크럽시처럼 끈질기지 않았으며 무엇보다 재능이 없었으니까.

그러던 어느 날, 미국에서 온 예술가 한 명이 우연히 뱅크럽시의 그림을 보게 되었다. 정확하게 말하면 볼 수밖에 없었다. 그 동네 일대가 뱅크럽시의 무대이고 캔버스였으니까. 도시에서 가장 후지다고 악명이 자자한 동네에 그 미국인 예술가가 온 것은 그저 우연이었다. 그는 뱅크럽시의 그림을 보고 전율을 느꼈다. 그는 근처 담배 가게에 들어가 바깥 전봇대에 있는 그림을 누가 그렸는지 물어보았다. 영어를 잘 몰라서 대화에 약간의 어려움을 겪었다. 때마침 지나가던 뱅크럽시를 보고 가게 주인이 손짓을 했다.

"헤이, 뱅크럽시! 이리로 와봐!"

뱅크럽시가 경계의 눈빛을 하고 백인 예술가 앞으로 걸어왔다.

"이 사람이 자꾸 자네 그림 보고 뭐라고 하는데!"

예술가가 뱅크럽시를 유심히 쳐다보았다.

"디쥬 페인트?"

예술가가 뱅크럽시의 그림을 가리키며 그림 그리는 시늉을 해 보였다. 뱅크럽시가 어리둥절해하며 그의 손동작을 따라 했다. 세 사람은 똑같은 몸짓을 반복했다. 보다 못한 행인이 길을 가다 말고 통역을 해주었다. 예술가의 말을 들은 뱅크럽시의 얼굴이 환해졌다.

"다른 작품도 볼 수 있느냐는데요?"

행인이 물었다. 그는 뱅크럽시의 옷에서 나는 지린내를 참기 힘들었지만 값비싼 명품으로 휘감은 백인 남자가 예사롭지 않게 느껴져 기꺼이 통역사를 자처했다.

뱅크럽시는 신이 나서 예술가를 데리고 다른 구역으로 데리고 갔다. 그리고 자신의 작품들을 보여주었다.

"이건 무얼 그린 건가요?"

"똥 싸는 강아지요."

"이건요?"

"전복버터구이요."

행인은 통역하면서도 부끄러움을 느꼈지만 정작 미국인은 아무렇지 않은 듯했다. 오히려 눈을 크게 뜨며 "오오!" 하고 크게 호응을 했다.

예술가가 그의 이름을 물었고 뱅크럽시가 자랑스럽게 '파산'이라고 소개했다.

"오! 정말 멋진 이름이네요!"

예술가가 웃음을 터뜨렸다.

"늘 이곳에 계시느냐고 물으시네요."

"늘은 아니고. 왜요?"

"이분이 또 만나고 싶으시대요."

예술가가 악수를 청했다. 뱅크럽시가 머뭇거리며 손을 잡았다. 그동안 한 번도 누가 악수를 청한 적이 없기 때문이다.

"또 만나요, 뱅크럽시."

이틀 뒤 나는 뱅크럽시와 함께 있었다. 노숙자들에게 무료 급식을 끝내고 다 같이 쉬고 있던 중이었다. 음식을 다 먹은 사람들이 따사로운 햇볕 속에 앉아 뻐끔뻐끔 담배를 피웠다. 그들은 포만감에 젖어 행복해 보였다. 바로 그때 백인 남자가 나타났다. 노숙자들이 '뱅크럽시'란 말을 알아듣고 그가 어디 있는지 알려주었다. 나는 영어를 잘하는 편은 아니지만 내가 없는 것보단 있는 게 나을 것 같아서 거기 있었다.

뱅크럽시도 그를 알아보았다. 그는 그 백인 남자를 좋아했다. 자기 작품을 좋아하는 사람은 무조건 좋아했다.

예술가는 내일 미국으로 돌아갈 계획이라고 했다. 그러면서 그림 한 장을 살 수 있는지 물었다.

"그럼요."

뱅크럽시는 이미 주변 상인들에게 여러 번 그림을 판 적이 있어서 언제나 메고 다니는 꼬질꼬질한 배낭에서 그림 몇 장을 꺼냈다. 예술가는 그림들을 바닥에 깔고는 "흐음, 흐음." 소리를 내며 한참을 들여다보았다.

"전부 살게요."

그가 지갑을 꺼냈다. 그러고는 세지도 않고 지갑에 있던 만 원짜리를 전부 주었다. 우리는 놀라 까무러칠 뻔했다. 세어보진 않았지만 족히 수십 장은 되었기 때문이다. 다른 노숙자들도 그 광경을 보았다. 너무 놀라 입까지 벌리고 혀가 고드름처럼 튀어나온 남자도 있었다. 예술가가 이거면 적정한지 물었다.

"오브 코-스!"

내가 얼른 받아 챙겼다.

백인 남자가 그림을 겨드랑이에 끼고 자리에서 일어났다. 그가 미소지었다.

"땡큐."

그 일로 뱅크럽시의 명성이 더욱더 높아졌다. 뱅크럽시를 얕보던 노숙자들까지 뱅크럽시에게 달라붙어서 그림을 그려 달라고 아양을 떨었다. 안 그려주면 성을 내고 주먹을 휘두르는 인간들도 있었다. 그들은 뱅크럽시가 그린 그림을 팔아 술과 담배로 바꿔먹을 생각이었다. 그것은 결코 만만한 일이 아니었다. 왜냐하면 아직 뱅크럽시가 그 정도로 유명하지 않았고 무엇보다 그의 행색이 꾀죄죄하다 못해 땟국물이 줄줄 흘렀기 때문이다. 아무리 천재 화가라 하더라도 동물원의 원숭이처럼 냄새가 난다면 사회에서 받아들여지기 어려울 것이다. 그래서 나는 헌옷수거함에서 몇 벌의 옷을 챙겨 선물

했다. 집에서 면도기도 가져와 수염도 깎아주었다. 그러나 피부 속까지 뿌리 깊게 박힌 냄새는 좀처럼 가시지 않았다. 수염도 콩나물처럼 쑥쑥 자랐다. 나는 포기했다.

우리는 좋은 친구였다. 비록 나이 차가 스무 살 가까이 나긴 하지만 나는 뱅크럽시를 좋아했다. 그것은 뱅크럽시가 나를 한 번도 어린애 취급한 적이 없기 때문이다. 그는 아주 순수한 사람이었다. 정확하게 말하면 좀 모자랐다. 오히려 나는 뱅크럽시를 아들처럼 돌보았다.

그는 노숙자이긴 해도 행복한 사람이었다. 오랫동안 밖에서 살다 보면 자신이 갖지 못한 것에 대한 분노나 억울함보다는 앞으로 갖게 될 것들에 대한 감사함부터 갖게 된다. 물론 아닌 사람들도 많다. 그들은 노숙자들 사이에서도 무리와 어울리지 못하고 얄미운 까마귀처럼 늘 혼자 다닌다. 그리고 한곳에 잘 정착하지 못한다. 나는 그들이 왜 노숙자가 되었는지 이해할 수가 없다. 왜냐하면 집과 가족, 돈을 갖고 있어도 분노와 슬픔, 반감을 품고 사는 사람은 널렸기 때문이다. 그런 것들을 버리지 못할 바에야 애꿎은 다른 것들까지 버릴 필요가 없다. 한마디로 그들은 애초에 자신의 삶을 파괴하려고 작정한 사람들이다. 그러나 뱅크럽시처럼 생활은 무너져 내렸지만 삶을 포기하지 않는 노숙자들도 많았다. 나는 그들과 이야기하는 것을 좋아했다.

나는 뱅크럽시가 왜 거리로 나왔는지 물어본 적이 없다. 별로 궁금하지 않았으니까. 내가 궁금한 건 그가 행복한지 행복하지 않은지였다. 적어도 그를 보면 원숭이 같은 몰골로 즐겁게 살고 있었다. 지금 생각하면 그 미국인 예술가도 그것을 꿰뚫어 본 게 아닐까 싶다.

백인 예술가가 다시 찾아온 건 그로부터 석 달이 흐른 뒤였다. 그는 두 명의 일행과 함께 왔다. 한 명은 녹색 눈동자에 와인색 머리를 질끈 묶은 여자였는데, 삼십 대 후반 정도로 마른 나뭇가지처럼 늙어 보였다. 또 다른 사람은 회색 셔츠에 복숭아뼈가 드러나는 바지를 입은 젊은 백인 남자로 갈색 뿔테 안경을 썼다. 백인 예술가에 비해 두 사람 다 표정이 그리 밝지는 않았다.

백인 예술가가 뱅크럽시를 발견하고 두 팔을 벌리며 웃었다.

"하우 아 유?"

뱅크럽시는 영어를 몰랐지만 그를 보고 반갑게 소리 질렀다.

"오케이!"

두 사람 다 몹시 행복해 보였다. 영어를 몰라도 문제없었다. 미소는 무조건 다 좋은 뜻이므로 어떻게 해석하든 전혀 오해의 소지가 없다.

뿔테 안경이 통역을 해주었다. 그는 전문 통역사였다. 발음이 어설퍼서 처음엔 좀 알아듣기 힘들었지만. 예술가는 일부러 뱅크럽시를 만나기 위해 이들을 데리고 한국에 왔다. 뱅크럽시에게 건넬 중대한 제안이 있다고 했다.

그들이 카페에 가자고 했다. 뱅크럽시는 나를 데리고 가겠다고 했다. 그때부터 나는 일종의 매니저로 채용된 셈이다. 그래서 나를 포함해 다섯 명이 카페에 갔는데 문전박대당했다. 전보다 덜 냄새 나고 그럴듯한 옷을 입었는데도 뱅크럽시를 알아본 직원이 기겁을 하며 호들갑을 떨었기 때문이다. 그래서 거기서 두 블록 떨어진 작은 카페로 갔다. 거기서는 우리를 받아주었다. 번지르르한 옷을 입은 세 명의 백인들과 늙은 원숭이 같은 뱅크럽시, 그리고 누가 봐도 막 스무 살을 넘긴 뽀송뽀송한 나. 이 조합을 카페 사장은 예사롭지 않게 보았다. 그녀는 호기심이 많았다. 요즘 들어 생각하는 거지만 인류가 가진 가장 큰 미덕은 호기심이 아닌가 싶다.

백인 예술가가 할 말이란 간단했다. 뱅크럽시의 작품을 미국에 소개하고 싶다는 것이었다.

"뱅크럽시, 당쉬늘 미쿡에 데리가고 시포요."

뿔테 안경의 발음이 엉망이라 그 말은 어린아이의 옹알이처럼 들렸다. 그래서 뱅크럽시와 나는 약 삼 초간 멍하니 있었다. 그 말이 어떤 뜻인지 깨닫고 나서야 비로소 놀란 표정을 지었다.

백인 예술가가 한 번 더 영어로 말했다. 뿔테 안경이 통역

했다.

“돈 컥정 할 피리요 없어. 천부 다 나 낼 커예여.”

예술가의 말에 의하면 그가 가져간 뱅크럽시의 그림들이 생각보다 반응이 좋았다는 것이다. 그것은 미국 화단에 신선한 바람을 일으켰다. 그의 화풍은 뱅크시와 전혀 닮지 않았다. 뱅크시가 풍자적이고 신랄한 사회비판이 담긴 그림을 그렸다면 뱅크럽시의 그림은 훨씬 부드럽고 낙천적이며 사회 포용적이었다. 그가 거리의 노숙자라는 걸 고려하면 그러한 그림은 오히려 설득력이 있었다.

“이거야말로 진정한 나이브 아트로군요.”

미국 화단에서는 뱅크럽시의 그림에 크나큰 관심을 보였다. 이 시대가 너무도 고독했기 때문이다. 과거에 비해 전쟁과 기아, 폭력, 정치 공작은 줄었지만 거기에 맞먹는 심각한 문제가 있었다. 그러한 현실에 무감각해진 개인주의와 사회적 단절이었다. 어떤 의미에서 뱅크럽시는 사회적 약자였다. 그러나 그가 그린 그림에 위축된 모습이나 고독감, 사회적 반감은 보이지 않았다. 오히려 그는 사회에 대한 강한 애정과 함께 소속 정신을 보여주었는데, 그의 삶과 대비되어 감동적이었다. 그의 그림을 보고 있자면 그간 잊고 지냈던 인간의 근원에 있는 욕망을 건드리는 느낌이었다. 사람들은 너무나도 진일보한 인류의 성장에 피로감을 느끼고 있었다. 아주 오랜만에 딱딱한 갑옷을 벗어버리고 가장 밑바닥에 있는 인간의 심연을 그려낸 듯한 그 생생한 표현력에 그들은 눈을 떼지 못했다. 그것은 인간적이다 못해 인류애적이었다.

뱅크럽시에 대한 기사는 국내에서도 다루어졌다. 그들은 서울에서 가장 못 사는 동네를 어슬렁거리며 아무 데나 오줌을 싸갈기던 걸인 남자가 미국에서 인정을 받자 그의 예술 정신과 작품 세계에 대해 적극적으로 조명하게 되었다.

'뱅크럽시, 그는 누구인가?'라는 다큐멘터리가 제작되었다. 취잿거리는 풍성했다. 경찰, 공무원, 행인들, 상인들, 노숙자들 등등 그 동네에 좀 살았던 사람들은 거의 다 뱅크럽시를 알고 있었다.

피디는 취재 중에 뱅크럽시가 나이키 로고를 그려 팔았다는 운동화를 산 상인을 만났다. 그는 운동화를 번쩍 들어 이게 뱅크럽시가 그린 거라고 주장했다. 검은 매직으로 그린 부분이 허옇게 바래 있었다. 한동안 그는 그 운동화를 신었지만 뱅크럽시 소식을 듣고 나서 상자 안에 고이 모셔놓았다.

"우린 다 개가 좀 모자란다고 생각했어요. 누가 나이키 로고를 똑같이 따라서 그려 팔아요. 한마디로 병신 같잖아요. 그래도 딱해서 담배 한 갑 주고 샀는데 이제는 담배 백 갑도 더 줘야 한다니. 그걸 아트라고 하대요. 나는 아트가 뭔지 잘 몰라요. 하지만 진짜 나이키 운동화보다는 좋은 건 알지요.

어쨌든 이 가짜 나이키가 진짜 나이키보다 더 비싸게 팔리게 되었으니까요. 그게 아트 아닙니까, 피디 양반?”

나는 뱅크럽시를 따라 미국에 갈 계획이었다. 그런데 내게 전과가 있고 아직 사회봉사 수행 중이라는 게 발목을 잡았다. 그 바람에 뱅크럽시도 내가 도둑질을 했다는 걸 알게 되었다. 뱅크럽시는 화를 내거나 충격을 받지 않았다. 다만 다시는 그런 짓을 해서는 안 된다고 처음 보는 근엄한 표정으로 말했다.

“돈은 없이도 살 수 있어. 중요한 건 누구도 상처받지 않는 거야.”

나중에 안 사실이지만 뱅크럽시도 전과가 있었다. 그 역시 절도였는데 뱅크럽시가 훔친 게 아니었다. 어떤 여자가 뱅크럽시가 자기 지갑을 훔쳤다고 덮어씌운 것이다. 다행히 금방 풀려났지만 그 일로 뱅크럽시는 마음을 다친 게 틀림없었다. 어쨌든 뱅크럽시는 내가 사회봉사 시간을 다 채울 때까지 기다렸다가 같이 출국하기로 했다. 백인 예술가는 처음엔 좀 초조해했지만 그의 천재성을 믿고 얌전히 기다려주었다.

출국 일주일 전에 예술가가 왔다. 그는 뱅크럽시를 데려다 씻기고 면도와 이발을 시켰으며 근사한 정장을 맞추어주었다. 뱅크럽시는 전혀 다른 사람처럼 보였다. 솔직히 말하면 좀 잘생겨 보였다. 예술가가 내게도 똑같이 비싼 옷을 사주었다. 그가 내게 아주 멋지다고 칭찬해주었는데 그것은 약간 형식적인 인사였다. 그래도 기분이 좋았다. 거울 속의 나는 갑자기 진짜 어른이 된 것 같았고 그중에서도 신사가 된 것 같았다.

백인 예술가는 자신을 맥이라고 부르라고 했다. 맥은 예순 살이 넘었고 어마어마한 부자였다. 공항에 도착하자마자 맥이 준비해놓은 번쩍이는 리무진을 타고 호텔로 갔다. 우리는 한 달간 거기 묵으며 맥이 짜놓은 스케줄을 소화했다. 내가 하는 일은 거의 없었다. 그저 뱅크럽시를 쫓아다니며 그가 필요할 때 적절히 웃겨주는 일뿐이었다. 뱅크럽시는 내가 있어 몹시 든든한 것 같았다. 일정이 끝나면 우리는 맥과 함께 레스토랑에 들러 늦은 저녁을 먹고 호텔로 돌아갔는데 하루가 다르게 뱅크럽시가 달라진 느낌이 들었다.

어느 날 나는 뱅크럽시를 보고 깜짝 놀랐다. 예전의 뱅크럽시가 어땠는지 퍼뜩 떠오르지 않았기 때문이다. 한 달 전만 해도 누더기를 입고 코를 찔끔찔끔 흘리며 바닥에 앉아 있던 사람은 어디 가고 뺨이 움푹 들어간 신경과민의 그윽한 눈매를 가진 중년 예술가가 있었다. 군데군데 새치가 낀 그의 헤어 스타일은 마르고 소심한 그의 표정과 잘 어울렸다. 그뿐만이 아니었다. 나는 미국이 마음에 들었다. 한국보다 땅덩어리가 90배는 넓고 세계에서 가장 부자들이 많으며 러시

아나 중국처럼 덩치 큰 나라도 함부로 못 덤비는 이 막강한 자유국가의 한복판에서 나는 나 자신이 그동안 얼마나 우물 안 개구리처럼 살았는가를 깨달았다. 나는 한국처럼 좁디좁은 곳에서 좀도둑이나 되면서 사는 게 얼마나 한심한 일인지 깨달았다.

미국에 있는 동안 우리는 몇몇 한국 취재진의 인터뷰에 응하기도 했다. 나는 뱅크럽시의 매니저이자 에이전트였다. 뱅크럽시가 인터뷰를 하려면 무조건 내 허락이 있어야 했다. 기자들은 맨 처음 나를 무시했다. 그러나 나중엔 내가 얼마나 힘이 센지 알고 쩔쩔맸다. 기자들이 뱅크럽시에게 향후 행보에 대해 물었다.

"원래 있던 데로 돌아가야지요."

맥은 미국에서 아예 눌러살 것을 권했다. 뱅크럽시의 인기는 나날이 높아지고 있었다. 뱅크럽시는 거절했다. 나중에 들어보니 언어도 안 통하는 곳에서 노숙했다가는 경찰에게 맞서 싸우기도 어렵고 무엇보다 담배를 바꿔먹기 어려울 것 같아서였다. 일리 있는 소리였다. 마지막 날 맥이 공항까지 데려다주었다. 그는 신사 중의 신사였다. 우리는 한국에서 다시 만날 것을 약속했다.

뱅크럽시는 기자들에게 거짓말을 하지 않았다. 그가 한국에서 돌아와 가장 먼저 한 일은 거리로 돌아가는 것이었다.

그는 자기 자리를 빼앗겼을까 봐 몹시 두려워했다. 노숙자들마다 각자 자기 잠자리가 정해져 있었기 때문이다. 미국에 가기 전 그가 망설였던 이유도 잠자리를 빼앗길까 봐서였다. 그의 예상대로 거기 웬 처음 보는 남자가 누워 있었다. 왼쪽 귀부터 목까지 길고 시퍼런 멍이 있는 남자였다. 그는 뱅크럽시가 누군지 모르고 주먹질을 해대며 쫓아냈다. 다른 노숙자들이 뱅크럽시를 알아보았지만 소용없었다. 그가 값비싼 옷을 입고 있었고 무엇보다 그가 이제는 노숙할 필요가 없다고 생각했기 때문이다. 그들은 적대감과 질투, 혼란에 빠진 얼굴로 뱅크럽시를 물끄러미 바라보았다. 뱅크럽시가 말을 걸려고 다가가자 그들 중 한 명이 침을 뱉으며 신문지로 얼굴을 덮어버렸다.

나는 뱅크럽시에게 오늘 밤은 호텔에 가서 자자고 했다. 우리에겐 그만한 돈이 있었다. 그러나 뱅크럽시는 고개를 저었다. 그를 혼자 내버려둘 수는 없었으므로 나는 그를 따라갔다. 그리고 생애 처음으로 노숙을 했다. 그 일은 나랑 맞지 않았다. 너무 추웠고 무엇보다 바닥이 차고 딱딱했다. 마치 꽝꽝 언 얼음 호수 위에 누워 있는 기분이었다. 나는 뱅크럽시에게 호텔에 가서 자자고 다시 한번 말했다. 뱅크럽시는 들은 체도 하지 않았다. 그래서 나 혼자 근처에 있는 최고급 호텔에 가서 잤다. 그것은 몹시 기분 째지는 일이었다. 그동안 나를 무시했던 사람들이 공손하게 내 짐을 들어주고 깍듯하게 존댓말을 썼기 때문이다. 그러나 밖에서 자고 있을 뱅크럽시를 생각하니 마음이 편치만은 않았다. 다음 날 공원에 가자 뱅크럽시가 거기 있었다. 하룻밤 사이에 부쩍 늙은 얼굴이었다.

한 가지 말하지 않은 게 있다면 우리가 미국에 간 사이 뱅크럽시의 가족이 연락을 해왔다는 것이다. 나는 뱅크럽시에게 가족이 있을 거라곤 상상하지 못했다. 그는 한 번도 가족 얘기를 들려준 적이 없다. 그들은 TV에 나온 뱅크럽시를 알아보았고 그를 수년째 찾았다는 말도 덧붙였다. 그는 삼 형제 중 막내아들로 태어나 장가도 못 가고 어머니와 같이 살았다. 어머니가 돌아가시고 나서 뱅크럽시는 살던 집에서 쫓겨났다. 형제들은 그를 동생 취급도 하지 않았다. 그들은 동생을 멍청이 취급했다. 뻔한 이야기였다. 그들은 뱅크럽시가 유명해지자 그가 돌아오길 바랐다. 그들은 뱅크럽시를 서커스단의 재주 부리는 곰으로 생각하는 게 틀림없다. 돌아오는 비행기 안에서 나는 그에게 집으로 돌아갈 거냐고 물었다. 뱅크럽시가 나를 물끄러미 쳐다보았다. 마치 자신의 집이 어디냐고 물어보는 것 같았다. 그의 집은 사라진 지 오래였다. 그의 집은 거리였다. 맥은 그곳을 '뱅크럽시 스트리트'라고 불렀다.

안타깝게도 그는 자신의 집으로 돌아갈 수 없었다. 왜냐하면 뱅크럽시는 더 이상 예전의 뱅크럽시가 아니기 때문이다. 말끔한 옷차림을 한 그는 전혀 다른 사람처럼 보였다. 게다가 그는 잘생겼다. 매우 잘생겼다. 간혹 그를 알아보는 사람도 있었다. 그들은 흥분해서 뱅크럽시에게 사인을 해달라고 졸랐다. 어떤 사람들은 자기 티셔츠에 아무거나 그려달라며 등을 내밀었다. 나는 그들이 뱅크럽시를 이용하도록 내버려 둘 수 없었다. 나는 그의 매니저였다. 우리는 한배를 탔다. 나는 뱅크럽시에게 절대로 아무에게나 그림을 그려주어서는 안 된다고 신신당부했다. 그가 왜냐고 이유를 묻자 나는 상황이 달라졌다고 말했다.

"난 달라진 게 없는데." 뱅크럽시가 말했다.

"말했잖아. 상황이 달라졌다고." 내가 말했다.

나는 그에게 절반의 돈을 떼어 주었다. 우리가 같이 번 돈이었고 수익을 얼만큼의 비율로 나눌지 사전에 정하지는 않았지만 그 정도면 합리적이라고 생각했다. 뱅크럽시도 불만을 제기하지 않았다. 그는 불만 같은 건 없는 사람이다.

나는 그가 머물 방을 구했다. 옷장과 이불, 파란색 고무호스가 소시지처럼 달린 수도꼭지가 전부였지만 그래도 밖에서 노숙하는 것보다는 나을 거라고 생각했다. 뱅크럽시는 별로 기뻐하지 않았다. 집을 마치 감옥처럼 생각했다(어떤 사람들에겐 세상으로부터 자신을 보호하는 벽이 세상으로부터 자신을 격리시키는 벽이 되기도 한다). 무엇보다 두 번 다시 나를 볼 수 없을까 봐 두려워했다.

"우리 우정은 변하지 않아, 뱅크럽시." 내가 안심시켜 주었다.

아침에 눈을 뜨자마자 뱅크럽시는 거리로 나갔다. 그는 도무지 집 안에 얌전히 있을 수가 없었다. 그를 알아본 상인들이 "헤이, 뱅크럽시!" 하고 손짓을 했다. 그들은 가까이 다가온 뱅크럽시를 보고 깜짝 놀랐다. 그의 단정한 외모, 무엇보다 먼지와 누더기에 가려져 그동안은 발견하지 못했던 그의 잘생긴 이목구비에서 눈을 떼지 못했다. 예전에 그들은 뱅크럽시를 놀리고 무시하기 일쑤였다. 그러나 이제 그들은 뱅크럽시를 보면 쩔쩔맸다. 뱅크럽시가 너무 잘난 사람이 되었으니까. 그의 천재성을 못 알아본 자신의 무식함을 부끄러워했다. 그것은 경찰들도 마찬가지였다. 뱅크럽시는 그들이 보는 앞에서 오랜만에 오줌을 시원하게 싸갈겼다. 아무도 그를 말리지 않았다. 준법의식과 노상 방뇨는 별개였지만 그게 아트가 된다면 문제가 달라진다. 모든 상식과 규칙을 깨버리는 게 아트 아니던가? 그 정도는 알고 있다는 식이었다. 뒤를 돌아보니 경찰들 말고도 다른 사람들까지 뒷짐을 지고 일렬로 서서 그를 지켜보고 있었다. 뱅크럽시는 기운이 빠졌다. 오줌발도 덩달아 약해졌다. 그가 퍼포먼스를 끝내자 사람들이 박수를 쳤다.

예전의 뱅크럽시라면 그 광경에 몹시 기뻐했을 테지만 웬 일인지 풀이 죽어버렸다. 사람들의 태도가 바뀐 것이 자신의 '아트' 때문이 아니라 다른 것 때문이란 걸 알아채서였다.

"네 말이 맞아." 뱅크럽시가 말했다. "내가 변한 게 아니야. 상황이 달라진 거야."

뱅크럽시는 하루가 다르게 기운을 잃어갔다. 그는 자신이 더 이상 예전으로 돌아갈 수 없다는 걸 알았다. 냄새나고 더러운 옷도 없지만 설령 그걸 입는다 해도 더 이상 진실이 아니었으니까.

그래서 뱅크럽시는 그림을 그리지 않았다. 정확히 말하면 그릴 수가 없었다. 그가 그림을 그렸던 이유는 오로지 담배 때문이었다. 담배 한 갑을 세 갑으로 불리려고 시작한 일이었다. 그 목표는 차근차근 실현되어갔다. 그러나 이제 그림을 그릴 필요가 없었다. 그에게는 죽을 때까지 담배를 피워도 남는 돈이 있었다.

그날 아침 뱅크럽시는 집을 빼버렸다. 그리고 자신의 돈을 전부 내게 주었다. "다시는 도둑질하지 마." 그것이 돈을 주는 조건이었다.

그는 다시 노숙자 생활을 시작했다. 사람들은 그가 걸인이 된 걸 믿지 않았다. 아직은 그의 명성이 유지되고 있었다. 센

터에서 그를 돌봐주겠다고 했다. 그밖에도 사업가며 화랑 대표며 많은 사람이 뱅크럽시를 찾아와 너도나도 지원해주마고 약속했다. 그들도 뱅크럽시의 형제들과 별반 다를 바 없었다. 뱅크럽시를 재주 부리는 곰으로 생각하는 게 분명했다. 그러나 뱅크럽시는 곰이 아니다. 뱅크럽시도 호락호락 넘어가지 않았다. 시간이 흐르자 그의 옷은 점점 거뭇거뭇해지고 냄새가 났다. 머리칼은 터번처럼 단단해졌고 수염은 연못가에 난 억새처럼 무성해졌다. 십 미터 밖에 있어도 고약한 냄새가 났다. 밤에 몸을 누일 곳도 정해졌다. 노숙자들은 그가 돌아왔다는 것을 알았다. 예전에 그들은 뱅크럽시가 변했다고 경계했지만 이제 그들은 언제 그랬냐는 듯 다시 뱅크럽시를 보며 반가워했다. 그는 다시 진짜가 된 것이다.

"왜 아트는 더 안 하고?"

그들이 뱅크럽시를 놀렸다. 아침부터 노숙자들은 추운 몸을 덥히려고 소주를 마셨다. 뱅크럽시는 대꾸 대신 귀에 꽂은 볼펜을 꺼내 코를 쑤셨다.

뱅크럽시는 다시 그림을 그렸다. 바닥과 벽, 전단지, 맨홀 뚜껑, 하다못해 고양이 등짝에까지. 그의 활동은 왕성했다. 그것은 좋은 일이었다. 문제는 그에 대한 관심이 겨울 기온만큼이나 뚝뚝 떨어졌다는 것이다.

뱅크럽시는 상인들에게 그림을 팔아 담배와 술을 얻었다.

상인들은 처음엔 이래도 되나 하면서 담배 서너 갑을 두둑이 챙겨주었다. 그러나 점점 시간이 지나자 한 갑만 주었다. 더 이상 누구도 예전만큼 뱅크럽시에게 관심을 두지 않았기 때문이다. 그들의 너그러움은 사라졌다. 그러나 뱅크럽시는 그대로였다. 그는 여전히 바보천치였고 본능에 따라 그림을 그렸다. 그 와중에도 그의 그림은 깊이가 더해지고 완성도가 있었다. 그것을 알아주는 사람은 아무도 없었다. 만일 뱅크럽시가 미국에서처럼 근사한 턱시도를 입고 이발과 면도를 했더라면 그의 평판은 더 좋아졌을 것이다. 그가 자신의 본질을 고수하자 사람들은 다시금 멀어졌다. 사람들은 눈에 보이는 벽을 뛰어넘을 수가 없었다. 그가 가진 게 없기 때문에. 만일 사람들이 벽을 뛰어넘으려면 맥 같은 사람을 만나야만 한다. 맥처럼 부유하고 잘나가는 사람이 그를 인정해주면 사람들도 인정한다. 하지만 맥이 없으면 뱅크럽시는 아무것도 아니다. 아무리 뛰어난 아티스트라도 그 사람이 걸인이면 작품은 낙서에 불과하다. 그게 이 시대의 아트다.

나는 뱅크럽시에게서 운동화를 산 남자를 찾아가 신발을 팔라고 했다. 그는 이때다 싶어 얼른 팔았다. 그의 말대로 매직으로 칠한 부분이 하얗게 바래 있었다. 그것은 그것대로 멋이 있었다. 그것은 뱅크럽시가 작품 활동에 신호탄을 울린 상징적인 작품이었다. 가짜 나이키가 진짜를 뛰어넘는 것. 그것만큼 짜릿하고 전위적인 예술이 어디 있으랴.

나는 뱅크럽시처럼 훌륭한 화가를 본 적이 없다. 아마도 죽을 때까지 보지 못할 것이다. 이제 뱅크럽시를 알아보는 사람들은 거의 사라졌다. 그의 영화 같은 이야기는 말 그대로 영화처럼 끝이 났다. 뱅크럽시는 또다시 거리의 천덕꾸러기가 되었다. 그를 대우해주던 경찰들은 다시 그를 거지 취급했다. 그러나 그는 거지가 아니다. 그는 예술을 위해 자신이 가진 걸 다 버렸으니까. 뱅크럽시야말로 진짜 예술가라고 나는 확신했다.

미국에서 돌아온 뒤 맥에게서 몇 번 연락이 왔다. 나는 맥에게 그가 다시 거리로 돌아갔다고 말했다. 맥은 애석해하면서도 그의 행보를 응원해주었다. 그게 다였다. 그 후에는 소식이 완전히 끊겨버렸다. 맥은 바쁜 사람이다. 새로운 사람에게 또다시 기회를 주어야 하니까.

나는 도둑질에서 완전히 손을 뗐다. 뱅크럽시와 약속하기도 했지만 지키고 싶은 것이 있었다. 앞에서도 말했지만 누구에게나 재능이 있고 재능은 방귀 같은 것이다. 그것은 언젠가는 세상 밖으로 뛰쳐나오고 만다. 나는 샌드위치 가게에 찾아가 일할 기회를 달라고 했다. 그 마음씨 착한 여자는 귀신을 본 것처럼 뒷걸음질 쳤다. 그러나 내 마음이 진심인 걸 알고 마음을 열었다. 나는 손이 아주 빨라서 샌드위치를 잘 만들었다. 물론 맛도 있어서 단골들은 내 샌드위치를 좋아했다. 나는 그들에게 뱅크럽시를 아는지 물어보았다. 대부분은 몰랐다. 상관없었다.

나는 일이 끝나면 샌드위치를 싸 들고 뱅크럽시를 보러 갔다. 뱅크럽시가 가장 좋아하는 건 햄치즈샌드위치인데, 그때마다 그는 미국에서 먹었던 샌드위치 이야기를 했다. 그런데 우리는 미국에서 샌드위치를 먹은 적이 없다. 아마도 그 비슷한 걸 착각한 모양이다. 하지만 나는 사실대로 말하지 않았다. 그게 샌드위치든 아니든 그가 우리의 기억을 아름답게 간직하고 있는 것만은 사실이니까.

롤라

그녀가 처음 바에 들어왔을 때부터 나는 우리가 좋은 친구가 될 거라고 생각했다. 그녀는 백인이고 새빨간 머리칼을 가졌으며 가죽 재킷을 입고 몸에 꽉 끼는 블랙 진을 입었다. 나보다 열다섯 살은 많아 보였다. 그녀가 사뿐사뿐 걸어와 진토닉을 한 잔 주문했다.

나는 일부러 그녀의 진토닉을 아주 느리게 만들었다. 그녀가 참지 못하고 내게 항의하도록. 그러나 그녀는 기다렸다. 내가 진토닉을 갖다 주자 그녀는 살짝 미소를 지으며 "땡큐"라고 말했는데 나는 티 나지 않게 약간 몸을 떨었다. 가까이서 본 그녀는 내가 생각했던 것보다 훨씬 더 강렬했다. 눈은 빛바랜 파란색이고 움직일 때마다 조명을 받아 조금씩 짙어지거나 옅어지거나 했다.

한 시간 뒤 그녀가 내게 와서 주문을 했다. 나는 그녀에게 어디에서 왔는지 물었고 그녀는 아일랜드 더블린에서 왔다고 했다. 그것이 우리 대화의 물꼬를 텄다. 그녀는 바에서 백 미터 떨어진 호텔에 묵고 있다고 했다.

"끝나고 놀러 올래요?"

그녀는 내가 자기보다 어리고 바에서 파트타임으로 일하는 별 볼 일 없는 여자라는 걸 조금도 따분하게 생각하지 않았다. 그녀는 기꺼이 손을 뻗어 자신의 인생의 방에 들어와 볼 기회를 주었다. 그리고 나는 손을 잡았다. 그것은 소리 없는 음악의 리듬이고 보이지 않는 에너지의 교환이고 우리가 함께 만든 합작품이었다.

그녀가 호텔 이름과 객실 호수를 알려주었다. 나는 그녀에게 새벽 한 시에 일이 끝난다고 말해주었다. 그녀는 상관없다고 말했다. 한 시 이십 분쯤 나는 그녀의 호텔로 찾아갔다.

내가 문을 두드리자 그녀가 나왔다. 빨간 머리칼이 가발처럼 그녀의 두 뺨을 덮고 있었다. 나는 그 머리칼이 손상되지 않은 것에 조금 놀랐다. 사람의 신체 중 가장 나이가 들지 않는 건 성대라는데 내가 보기엔 머리칼이 그렇다. 정확히 얘기하면 머리칼도 나이는 먹지만 세월을 숨길 수가 있다. 염색하면 되니까. 그녀의 머리칼도 염색한 게 분명했다. 그러나 얼굴은 나이를 숨길 수가 없다. 옷자락을 걷어 올리듯 그녀가 미소 지었다.

그녀는 혼자 있는 게 아니었다. 거기에는 그녀 말고도 두 명의 여자들이 더 있었다. 나처럼 한국인이었다. 그러니까 나만 혼자 그녀와 친구가 되고 싶다고 생각한 게 아니었다. 그 사실이 나를 약간 당황스럽게 만들었다. 사실은 내가 그녀에게 느낀 특별함이 나 자신에게 부여한 특별함인 걸 깨달았으니까.

나는 내 결정을 즉각 철회하고 집으로 가고 싶었다. 그러나 그 찰나의 순간에도 그녀가 나를 어떻게 생각할지, 저기 있는 두 명의 여자들이 나를 비웃는 건 아닐지 신경 쓰였다.

내가 망설이는 사이 그녀가 앉으라고 말했다. 방 안에는 침대가 두 개 있었다. 왼쪽 침대에 나보다 먼저 온 젊은 여자가 걸터앉아 있었다. 어깨까지 내려오는 머리카락을 숱을 심하게 쳐서 갸름한 얼굴이 더 날카롭게 보였다. 목이 깊게 팬 짧은 니트 원피스를 입었는데 군데군데 올라온 보풀로 보아 그다지 좋은 품질은 아니었다.

또 다른 여자는 창가에 있는 소파에 앉아 있었다. 푸른색 후드티에 흰 면바지를 입고 누가 잃어버린 분실물처럼 미동도 하지 않고 있었다. 핏기 없이 창백한 피부에 굳게 다문 입술이 냉소적으로 보였다. 나는 고민하다 니트 원피스 옆에 앉았다. 그러는 편이 방에서 나가기 훨씬 수월할 테니까.

롤라(이 방의 주인 이름이다)가 냉장고에서 샴페인을 꺼냈다. 마치 본격적인 파티가 시작된 것처럼 그녀가 잔에 샴페인을 담아 나누어주었다. 나는 술을 마시지 않지만 이 모임에서 소외되지 않기 위해 잔을 받았다.

나는 롤라가 왜 우리를 초대했는지 궁금했다. 여자들이 뭔가 말해주지 않을까 기대했지만 그들은 내게 전혀 관심이 없어 보였다.

나는 롤라를 보았고 롤라는 우리를 보았다. 그것은 어쩐지 공평하지 못한 느낌을 주었다. 한국어를 전혀 못 하는 줄 알았는데 네 살 정도 수준의 언어는 구사했다. 잠깐이긴 하지만 어릴 적 한국에 살았던 적이 있다고 했다. 외교관인 아버지를 따라 그녀는 스위스, 독일, 일본, 오스트리아 등 일곱 개국이 넘는 나라들을 떠돌아다녔다. 성인이 되어 대학에 들어간 뒤부터는 계속 영국에서 지냈다. 그러던 어느 날 갑자기 한국에 대한 꿈을 꾼 뒤부터 그에 대한 생각을 떨칠 수가 없었다고 했다.

"꿈에서 나는 세 사람을 만났어요. 그들의 미래를 보았지요. 꿈에서 깬 뒤에도 그들의 얼굴이 선명하고 생생하게 기억났어요. 그날부터 무작정 한국에 가야겠다고 생각했어요. 그들이 나와 무슨 관계가 있는지 모르겠지만 그들을 만나야겠다고 생각했지요."

롤라가 지껄였다. 그 세 사람이 우리라는 건 말할 것도 없었다. 그녀의 몸에서 뿜어져 나오는 강렬한 에너지가 사실은 광기였다니 나는 조금 충격을 받았다. 어떻게 사람 보는 눈이 그렇게 없는지 스스로에게 실망스러웠다. 나는 집에 가겠다고 일어났다.

"앉아요."

롤라가 협박하듯 말했다.

"전 지금 장난하는 게 아니에요."

나도 장난하는 건 아니었다. 나는 큰소리로 비웃고 방을 박차고 나왔어야 했다. 바로 그때 니트 원피스가 조그만 목소리로 속삭였다.

"저 여자 말은 사실이에요. 조금만 있으면 알게 될 거예요."

그녀는 아까부터 불안한 사람처럼 입술을 잘근잘근 씹었다. 처음엔 그녀도 롤라와 같은 패거리일지도 모른다고 생각했다. 아니면 자기 운명에 지나치게 집착하는 감상주의자거나. 그러기엔 니트 원피스의 얼굴은 너무 진지해 보였다.

나는 일단 얘기나 들어보자는 심정으로 자리에 앉았다.

롤라는 우리를 보자마자 우리가 자기에게 말을 걸 거라는 걸 알았다고 했다. 기분 탓인지 몰라도 그 말을 할 때의 롤라는 좀 건방져 보였다. 가죽 재킷을 벗은 롤라는 처음 봤을 때만큼의 카리스마는 없었지만 붉은 머리칼 때문에 자신만만해 보였다. 그것은 이제 불길한 징조처럼 보였다.

나는 롤라에게 이러는 목적이 무언지 물었다. 단순히 그 세 사람이 실재하는가를 알아보기 위해서는 아닐 테고 세 사람의 미래를 바꾸기 위해서라는 게 유력했다. 그러나 그녀는 그 지점에서 겸손하게 꼭 그렇지만은 않다고 말했다.

"제가 여기 온 건 여러분의 미래를 알려주기 위해서예요. 제가 진실을 이야기하면 여러분은 그때부터 자신의 운명을 바꾸어야만 해요."

"그건 걱정은 안 하셔도 돼요."

푸른 후드티가 말했다.

"그럴 생각이 아니라면 여기 있지도 않았어요."

롤라의 말은 사실이었다. 그녀는 우리가 '누구'이고 어떤 일을 하고 있는지 알고 있었다. 적어도 그녀가 들려줄 이야기가 아주 허무맹랑한 이야기는 아니라는 걸 뒷받침할 정도는 알고 있었다는 뜻이다.

나는 여자들의 이름이 뭔지 모른다. 우리는 어쩌다 보니 서로의 미래를 알게 될 운명이었으므로 실명을 공개하지 않았다. 그것은 아무 문제가 되지 않았다. 왜냐하면 우리는 서로 다른 이야기의 주인공들이고 서로의 이야기에 등장하지 않는 한 이름 때문에 헷갈릴 일이 없기 때문이다. 그런데도 내가 굳이 이들의 이야기를 하는 이유는 이 이야기들에 공통점이 있고 그것으로 인해 한자리에 모였기 때문이다.

니트 원피스는 미술을 전공하는 대학생이었다. 그녀의 아버지는 아이가 여섯 살이 되자 미술학원에 보냈다. 아이는 소질이 있었다. 다른 아이들이 나뭇잎을 갈색으로 칠할 때 혼자서 흰색으로 칠했다. 선생님이 왜 이렇게 칠했냐고 묻자 눈이 덮인 거라고 했다. 아이는 상상력이 풍부했다. 그림 그리기도 좋아했다. 부모는 지원을 아끼지 않았다. 전형적인 중산층 가정인 그 집에서는 집안에 화가가 한 명쯤 나와도 좋지 않을까 막연하게 생각했다. 아이는 별 무리 없이 미대에 진학했다. 그것은 그리 좋은 선택은 아니었다. 그때부터 그림에 흥미를 잃어버렸으니까.

어릴 때 그녀가 그림을 그리면 친구들은 넋 빠진 얼굴을 했다. 그러나 대학에 들어가자 아무도 잘 그린다고 말해주지 않았다. 그 정도 그림은 다들 그렸다. 그녀가 대학 4년간 배운 게 있다면 그녀에게 재능이 없다는 것이었다.

그녀는 졸업작품 전시회를 앞두고 어쩌면 자신의 마지막 작품이 될지도 모를 그림을 혼신의 힘을 다해 그렸다.

전시회에서 그녀의 그림은 한 화가의 눈에 띄었다. 여든을 바라보는 늙은 화백이 어떻게 거기 갔는지는 모르겠다. 화백은 그 그림을 오래도록 바라보았다.

며칠 후 그녀는 낯선 남자로부터 전화 한 통을 받았다. 그는 자신의 이름을 밝힌 뒤 주말에 자신의 작업실로 초대했다. 그녀는 두 귀를 의심했다. 그 이름은 그녀도 아는 유명한 이름이었으니까.

작업실은 가파른 언덕 꼭대기에 있어서 버스도 거기까지는 가지 않았다. 그녀는 버스에서 내려 한참을 걸어 올라갔다. 높은 구두를 신은 게 후회되었다. 벨을 누르자 화백이 직접 나와 문을 열어주었다. 관리를 전혀 하지 않은 것처럼 나무들은 무거운 가지를 축 늘어뜨리고 있었다. 넓은 마당에 깔린 잔디가 그녀의 발등을 간지럽혔다. 높은 언덕에 있는 만큼 전망이 빼어났다.

"들어오게."

희끗희끗한 머리를 가진 화백은 지팡이를 꽉 붙잡고 소파에 앉았다. 실내는 조금 어두웠다. 오랫동안 환기를 시키지 않아 무언가 썩은 냄새가 났는데 구역질을 일으킬 정도는 아니었다.

화백은 십 분 동안 아무 말도 하지 않았다. 두 손을 포개어 얹은 지팡이를 이따금 두드렸는데 마치 아래층에 있는 사람에게 신호를 보내는 것 같았다. 그러나 집 안에는 화백 말고는 아무도 없었다. 지하실이 있긴 했지만 그곳은 그의 은밀

한 작업실이었다.

그는 아주 유명한 화가였다. 손바닥만 한 그림 한 점이 수천만 원을 호가했고 해외 컬렉터들도 그의 이름을 알고 있었다. 그의 그림은 베일에 싸여 있었다. 언제부턴가 그가 자신의 그림을 전혀 팔지도, 공개하지도 않았기 때문이다.

미술관 관장들은 해마다 그를 찾아와 전시를 제안했다. 그는 눈썹 하나 까딱하지 않았다. 화백의 아내가 살아 있을 때는 자주는 아니어도 2, 3년에 한 번씩 전시회를 열었다. 그러나 아내가 죽고 나서부터 화백은 자신의 작품들을 일절 공개하지 않았다.

그는 자신이 그렸지만 공개하지 않은 그림이 삼백 점에 달하며 그것을 사후에 자신의 갤러리에 걸 예정이라고 했다. 지금 그 갤러리를 비밀리에 짓고 있으며 갤러리를 맡아줄 사람을 찾고 있는데 그녀가 적격이라는 것이다.

"내 그림은 한 여자와 관련된 것이라네. 그 여자는 한 번도 만난 적 없는 여자네. 내 그림들은 그녀 없이는 존재할 수 없다네. 나는 내 그림이 그 여성을 만나 하나의 완벽한 작품이 되길 원하네. 그게 내 마지막 꿈일세."

화백은 그녀가 갤러리의 주인이 되면 그 그림의 소유권을 전부 주겠다고 했다. 물론 갤러리를 통해 벌어들이는 수익 일체도 그녀의 것이다. 단 몇 가지 조건이 있다. 평생 그 갤러리를 운영해야 하며 단 한 점의 그림도 팔면 안 된다는 것이다.

"자네가 원한다면 내 그림들을 전부 보여주겠네. 하지만 그전에 먼저 맡길 게 있네. 그것은 바로 자네의 그림이야."

그녀는 잘 이해되지 않았다. 그것은 업계 사람들이 들으면 까무러칠 이야기였다. 그의 그림을 생판 처음 보는 자신에게 맡긴다니 그게 말이 되는 일인가? 그녀는 졸업 후 무얼 하며 먹고 살아야 할지 몰랐다. 화가가 되겠다는 생각은 포기했다. 하지만 막연히 계속해서 미술과 관련된 일을 하고 싶었다. 그렇기에 화백의 제안은 솔깃했다. 사후에도 그의 명성은 사라지지 않을 것이고 적어도 그녀가 살아 있는 한은 먹고 살 수 있을 것이다. 물론 그가 죽고 난 뒤에야 가능한 일이지만.

딱 하나 걸리는 게 있다면 평생 갤러리를 떠날 수 없고 그림 처분권이 없다는 것이었다. 그것은 네팔의 쿠마리처럼 겉은 그럴싸하지만 뒤가 구린 이야기였다. 그런 계약은 어디서도 들어본 적이 없다. 화백은 약속의 대가로 전시회에 걸린 그녀의 그림 한 점을 원했다. 그것도 의외였다. 그 그림은 그녀가 봐도 수준 미달이었기 때문이다.

며칠 후 그녀는 자신의 그림을 들고 다시 화백의 작업실로 찾아갔다.

화백은 그녀의 그림을 테이블에 펼쳤다. 화백은 그 그림을 꽤나 오랫동안 쳐다보았다. 그의 입술에 만족스러운 미소가

꿈틀거렸다.

"따라오게."

화백의 널따란 집 아래 커다란 작업실이 있었다. 한 층 전체를 다 작업실로 쓰고 있었다. 한쪽에 그의 작품들이 모여 있었다. 그 작품들은 화백의 작품 세계를 전기, 후기로 나누는 중요한 작품들이었다. 색은 더 밝아졌지만 주제 의식은 더 심오해졌다. 말년에 잠적한 그를 두고 죽음에 사로잡혔다고 말하는 사람들도 있었는데, 그러한 해석은 옳지 않다. 그는 존재의 의미를 꿰뚫었을 뿐만 아니라 죽음까지도 초월했다.

그녀는 홀린 듯이 그의 제안을 받아들였다. 그녀의 그림은 약속이 효력을 발휘하는 한 화백이 보관하기로 했다.

"내가 죽으면 연락이 갈 걸세. 우리 약속을 잊지 말게."

이듬해 화백은 갑작스러운 심장마비로 세상을 떠났다. 화백에 대한 기사로 뉴스는 떠들썩했다. 그녀도 그 기사를 읽었다. 그날 이후 그녀는 화백과 연락을 한 적이 없다. 그녀는 화백과의 약속을 누구에게도 얘기한 적이 없다. 그것은 아무리 생각해도 자길 놀리려고 지어낸 황당한 얘기처럼 들렸다.

그의 손자에게 연락이 온 것은 화백이 죽고 나서 한 달 뒤였다. 그의 목소리는 청동처럼 단단하면서도 무게감이 있었다.

"내일 오후 세 시에 카페에서 뵙죠."

그는 먼저 도착해 기다리고 있었다. 한눈에도 값비싸 보이는 수트를 입은 준수한 외모의 남자였다. 화백의 부고 소식을 듣고 미국에서 황급히 날아온 그는 아직 한국에 머물고 있었다. 그는 할아버지가 자신에게 그림에 관한 한 다 맡겼으며 갤러리는 오래전 이미 완성되었다고 했다. 이제 그가 죽었으므로 곧 갤러리가 문을 열 거라고 했다. 그는 화백과 그녀의 약속을 잘 알고 있었다.

"어떡하실 건가요."

그의 연락을 받고 나서 그녀는 고민에 빠졌다. 화백의 말이 진짜일 줄도 몰랐지만 그 일이 막상 현실로 닥치자 우왕좌왕했다. 그녀는 졸업 후 영화제작사 홍보팀에서 일하고 있었는데 그 일은 인생에 조금도 활력을 주지 않았다. 그의 연락을 받고 나서 그녀는 미약한 흥분을 느꼈다.

"제가 이 일을 거절한다면요?"

남자가 조용히 그림 한 점을 꺼냈다.

"이 그림은 제 것이 되겠지요."

석 달 뒤 갤러리가 개관되었다. 갤러리의 새 안주인이 스물다섯 살의 젊은 여성이라는 소식에 미술계는 들썩였다.

"대체 그 여자가 죽은 화백과 무슨 관계가 있나?"

사람들은 쑥덕거렸다. 물론 그들은 아무것도 건지지 못했다.

개관과 동시에 사람들이 밀어닥쳤다. 오랫동안 베일에 감추어진 거장의 그림들. 그들은 화백의 그림에서 눈을 떼지 못했다. 소문만 무성했던 실체를 확인하는 순간이었다. 판의 지각변동 같은 황홀감이 전신을 휘감았다. 천재 화가의 불꽃은 꺼지기는커녕 말년에 더 활활 타올랐다.

사람들은 그림 말고도 다른 것에 관심이 있었다. 갤러리의 새 안주인. 그녀에 대한 소문은 어느새 미술계에 파다하게 퍼져 있었다. 그들은 젊은 여성이 이따금 서성거리는 모습을 보았는데 누가 봐도 그녀가 관장이라는 걸 알 수 있었다. 그녀는 아름답긴 했지만 예술가들의 눈길을 끄는 특별함은 없었다. 하지만 젊었다. 젊다는 건 좋은 것이다. 갤러리 최연소 관장과 늙은 화백의 그림은 어딘가 불온한 상상을 하게 했다. 그래서 갤러리는 더욱더 붐볐다.

사람들이 돌아가면 미술관은 고요해졌다. 화백의 그림이 뿜어내던 에너지도 음소거가 되었다. 그녀는 돌아다니며 전시실 불을 껐다. 가구 하나 없이 벽에 걸린 그림이 전부인 갤러리는 사람이 다 떠나가면 아무리 얌전히 걸어도 거인의 발소리처럼 크게 들렸다.

그녀는 이 층에 있는 자신의 사무실로 돌아왔다. 얼마 없는 가구와 높은 창 때문인지 문을 열고 들어갈 때마다 한기가 느껴졌다.

그녀가 책상 서랍을 열었다. 네 개의 서랍 중 맨 마지막 칸. 거기 그녀의 그림이 있었다.

화백의 손자는 그녀와 계약을 마친 뒤 그림을 돌려주었다. 그는 혀를 깨문 것처럼 미소짓고는 그녀에게 악수를 청했다. 곱상하게 생긴 외모와 달리 투박한 손이었다. 얼마 후 그는 미국으로 돌아갔다.

그녀는 자신의 그림을 한참 동안 바라보았다. 사람들이 다 떠나고 혼자가 되면 그녀는 늘 사무실로 돌아와 자신의 그림을 바라보았다.

카페에서 손자가 그 그림을 꺼냈을 때 그녀는 그것을 다시 가져오고 싶어 견딜 수가 없었다.

그녀는 그림을 다시 서랍 안에 넣었다. 그러고는 밤이 깊어져 자신의 그림자가 사라질 때까지 거기 앉아 있었다.

시간은 새벽 세 시를 향해가고 있었다. 롤라는 오늘 아침 열 시 비행기로 떠난다고 했다. 니트 원피스는 말이 없었다. 나는 과연 롤라의 말이 사실일까 궁금했지만 니트 원피스는 심장마비라도 걸린 사람처럼 표정 변화가 없었다.

나는 푸른 후드티에게 창문을 열어줄 수 있는지 물었다. 방 안이 덥고 답답했다. 호텔에서는 객실 창문에 안전장치를 해두었다. 아무리 잡아당겨도 삼 분의 일밖에 열리지 않았다. 찬바람이 참새 꽁지만큼 들어왔다. 방 안의 공기는 굳은 설탕물처럼 끄떡도 하지 않았다.

나는 푸른 후드티가 대학병원 방사선사일 거라고 추측했지만 그녀는 도서관 사서였다.

그녀에게는 평생을 괴롭히는 문제가 하나 있었다. 누구와도 진정한 관계를 형성하기 어렵다는 것이었다. 유치원에 다녔을 때 그 사실을 처음 인지했다. 이 나라의 교육 과정에서는 꼭 둘씩 짝을 지어 춤을 추게 하거나 박물관을 관람하는 미션이 있는데, 아이들 중 누구도 그녀와 짝이 되려고 하지 않았다. 그래서 선생님은 평소 있는 둥 마는 둥 한 멍청한 사내아이와 짝을 맺어주었다. 남자아이는 침을 줄줄 흘리다 말고 별안간 울음을 터뜨렸다.

초등학교에서도, 중학교에서도, 고등학교에서도 그런 일들이 반복되었다. 아무리 아이들과 친해지려고 해도 아이들은 그녀를 따돌렸다. 정당한 이유도 없이. 그때부터일 것이다, 라고 롤라가 말했다. 책에 집착했다. 책들은 그녀를 따돌리지 않았다. 그녀의 친구가 되어주었으며 그녀가 원할 때마다 거기 있어 주었다.

장래희망을 사서라고 말하는 아이들은 별로 없지만 그녀는 어릴 때부터 사서라고 말했다. 아이들은 사서가 뭔지 몰랐다. 사서가 뭐냐고 물으면 그녀는 수십만 권의 책을 지키는 사람이라고 말했다. 아이들이 듣기에 그 일은 조금도 멋있어 보이지 않았다. 사자나 토끼도 아니고 하루 종일 가만히 있는 책을 지키다니 하품 나고 따분한 직업이라고 생각했다.

그녀는 스물네 살에 꿈을 이루었다. 이른 나이에 꿈을 이루는 사람은 흔치 않으므로 그녀는 성공했다고 할 만했다. 생각보다 꿈을 이루는 건 쉬웠다. 사람들은 거창한 꿈을 꾸어놓고 꿈이란 이룰 수 없는 것이라고 불평하는데, 그것은 자신이 진정 무얼로 인해 행복해질 수 있는지 고민해본 적이 없기 때문이다. 그녀는 책만 있으면 행복해질 수 있었다.

그런 그녀에게 최근에 골치 아픈 일이 생겼다. 그것은 도서관에 오는 한 손님과 관련된 일이다.

그는 문을 열면 가장 먼저 도서관에 들어왔다. 160센티미터가 조금 넘는 키에 체구는 보통이었다. 눈알은 흐리멍덩했고 갈색에 가까운 입술은 약간의 거품을 머금고 있었다. 나이는 오십 대 정도로 결코 적지 않았다.

그는 커다란 거미처럼 얌전하다. 다른 손님들처럼 요란하게 책장을 덮거나 쿵쾅대며 걷거나 코를 풀거나 재채기를 하지도 않는다. 느닷없이 큰소리로 "여기 이 책은 없어요?"라고 그녀를 놀라게 하지도 않았다. 그는 도서관에 오면 테이블이 아니라 제일 깊숙한 안쪽 기둥 뒤에 숨어서 책을 읽었다. 얼마나 집중해서 책을 읽는지 그녀가 카트를 끌고 옆을 지나가도 모를 정도였다.

그런데도 관장은 그를 쫓아내려고 별렀다. 그가 다른 사람들과는 조금 달랐기 때문이다.

도서관에는 심심치 않게 걸인들이 보였다. 그들은 책이 아닌 다른 걸 찾으러 왔다. 그 남자는 지독한 책벌레에, 교양이 있었다(냄새도 안 났다). 주로 고전문학을 즐겨 읽었다. 그 바람에 가뜩이나 인기 없는 그쪽 서가에 사람들은 얼씬도 하지 않았다. 어쩌다 그쪽 서가에서 책을 꺼내온 사람들은 오만상을 찌푸리며 그녀에게 책을 소독해달라고 했다. 도서관에 책 소독기가 두 대나 있는데, 도서관에 하루 종일 책 읽는 노숙자가 있다는 소문이 돌자 소독하는 사람들이 늘어났다. 관장은 별수 없이 소독기를 세 대로 늘렸다.

그녀는 걸인에게 애정이 있었다. 거기 오는 손님들 중 그보다 더 많이 책을 읽는 사람은 없었다. 책장에 침을 묻히거나 시끄럽게 책장을 넘기거나 책을 엉뚱한 데 꽂지도 않았다. 폐관 시각이 넘어서까지 질기게 엉덩이를 붙이고 있지도 않았다. 정확히 문을 닫기 십 분 전이 되면 나갔는데 그녀에 대한 배려인 걸 알 수 있었다.

그는 밥도 먹지 않았다. 화장실에 가거나 물을 마시러 정수기를 이용할 때를 제외하면 꼼짝도 하지 않았다. 그것은 교훈적인 광경이었다. 다른 걸인들이 쓰레기통을 뒤지거나 욕설을 하거나 자기 인생을 비관하고 있을 때 그는 책을 읽었다.

독서는 인생을 견디는 좋은 방법이다. 인생은 시간이다. 시간에 의미를 부여하면 인생이 되는 것이다. 그는 지적으로 시간을 보내고 있었고 그런 점에서 다른 사람들보다 백배는 나았다. 의미도 없는 일에 일생을 낭비하는 게 무슨 인생이겠는가? 그런 점에서 그가 보내는 시간이 오히려 인생이라 부를 만했다. 인생이란 그런 것이다.

사람들은 그를 싫어했지만 그가 오면 그녀는 조용히 미소 지었다. 세상은 그를 싫어할지 몰라도 적어도 책들은, 그리고 그녀는 그의 편이었다.

그러던 어느 날 한 여자가 퉁명스러운 얼굴로 책 한 권을 내밀었다.

"여기 페이지가 없어요."

그녀가 책갈피를 끼워둔 곳을 펼치자 정말로 책장 하나가 보이지 않았다.

"한 권이 아니에요."

그녀가 다른 책도 보여주었다. 이것은 매우 심각한 사건이었다. 겨우 한 장일 뿐이더라도 페이지가 유실된 책은 취급할 수 없다. 사람으로 치면 해리성 기억상실증에 걸린 것과 비슷하다. 그것이 특별한 순간인지 아닌지는 중요하지 않다. 어쨌든 잃어버렸다는 것만으로 사라진 기억은 의미를 갖는다.

그녀는 관장에게 이 사실을 보고했다.

"그놈 짓이야."

관장은 범인이 걸인이라고 의심했다. 그 책들이 고전문학이고(공교롭게도 그중에는 제임스 조이스의 『더블린 사람들』도 있었다), 고전문학을 읽는 사람이 그 남자밖에 없다는 게 이유였다.

"다른 사람이 찢었을 수도 있잖아요."

물론 그녀는 그렇게 말하지 않았다. 그녀는 수사반장처럼 일을 키우고 싶지 않았다.

"앞으로 꼼꼼히 감시해."

그녀는 수시로 서가를 드나들며 그가 책을 찢는지 찢지 않는지 주시했다. 남자는 박제한 인간처럼 바닥에 웅크리고 앉아 책을 읽었다. 그녀가 옆에 있든 말든 눈길조차 주지 않았다. 그는 책 속에 들어가 있었다. 그것이 그의 굶주림도, 외로움도, 결핍도, 세상에 대한 증오와 실망감도 잊게 만든 것이다. 그런 그가 책을 찢었을 리 없다.

그녀는 그에게 수상한 낌새는 전혀 보이지 않는다고 말했다. 관장은 믿지 않았다. 그는 감시카메라의 위치를 바꿔 달았다.

며칠 후 관장이 아침 일찍 그녀를 불렀다. 그가 의기양양하게 녹화된 화면을 보여주었다.

그녀는 구석에 앉아 있던 걸인이 주머니에서 뭔가를 꺼내는 걸 보았다. 그걸로 책장을 조심스럽게 잘라 손으로 접은 뒤 자신의 주머니에 넣었다.

그것은 손톱 크기만 한 커터날이었다.

두 사람이 열람실로 들어갔을 때 노숙자는 등을 구부리고 독서에 몰두하고 있었다.

관장이 경찰을 부르겠다고 협박하자 그가 주머니에 든 휴지 뭉치를 꺼냈다. 휴지로 겹겹이 싼 걸 풀어헤치자 손톱만 한 칼날이 나왔다.

그의 배낭에는 책에서 오려낸 종이가 들어 있었다. 관장이 배낭을 뒤집어서 흔들자 종이 뭉치가 부러진 천사의 날개처럼 떨어졌다.

노숙자는 도서관에서 퇴출당했다. 관장은 경찰서에 신고하지 않는 조건으로 두 번 다시 발을 들이지 말라고 경고했다. 만일 어길 시에는 가만두지 않을 거라면서.

그날 이후 노숙자는 도서관에 나타나지 않았다.

도서관은 쾌적해졌다. 회원들도 만족해했다. 그들은 오랫동안 폐쇄되었다가 다시 개방된 갈라파고스섬에 방문한 사람처럼 신비롭고 경이로운 표정으로 문학 서가를 누볐다.

가장 만족한 사람은 관장이었다. 눈엣가시가 사라지자 그는 관대해졌다. 그녀는 주변에 아무런 피해도 입히지 않는(이라고는 이제는 말할 수 없게 되었지만) 사람에 대한 이유 없는 증오를 이해할 수 없었다.

관장은 그가 파손한 책들을 다시 사야 하나 검토했다. 그걸로 골머리를 앓았다. 비용 때문이 아니다. 그 책들이 도대체 어느 책인지 알 수 없었기 때문이다.

그녀는 자신에게 그 일을 맡겨달라고 말했다. 그날 노숙자의 배낭에서 떨어진 종이들을 그녀는 버리지 않고 모아두었다. 그 페이지를 보면 어느 책에서 나왔는지 알 수 있었다.

"책장을 테이프로 붙이면 돼요."

관장은 조금 놀랐다. 좀처럼 나서는 일 없는 그녀가 뭔가를 하겠다고 자처한 게 처음이기도 했고 페이지만 보고 어떤 책인지 안다니 믿을 수가 없었다.

관장은 그러라고 했다. 미심쩍긴 했지만 도서관 입장에서도 그게 나았다. 어차피 도서관에 있는 책들은 다 헌 책들이다. 인기 있는 책들은 걸레 조각처럼 너덜너덜했다. 아무도 찾지 않는 책들은 누렇게 변색되고 먼지 옷을 입었다. 그녀가 태어나기도 전에 세상에 나와 지금은 절판된, 사실상 무덤에 들어간 책들도 있었다. 페이지만 제자리를 찾는다면 새 책을 사기보단 스카치테이프로 붙이는 게 이득이었다.

그녀는 아침마다 출근하면 서랍을 열어 그가 찢은 페이지들을 꺼냈다.

그 페이지가 어떤 책에서 나왔는지 찾는 건 어렵지 않았다. 그녀는 독서광이었다. 특히 고전문학에 관해서라면 주인공 이름과 나이, 직업까지 다 맞출 만큼 자신 있었다.

남자가 찢은 책의 양은 어마어마했다. 100권도 넘었다. 그래서 가끔은 헷갈리는 게 있기는 했다. 그래도 그녀는 한 번도 틀리지 않았다. 그녀조차도 자신이 이토록 기억력이 좋은지 몰랐다. 그것들은 그녀의 지난 시간들이 헛되지 않았음을 확인시켜주었다. 페이지를 끼워 맞추는 동안 과거로 돌아가 자신이 보낸 추억의 한 페이지를 다시 써 내려가는 기분을 느꼈다.

그녀는 책 한 권이 완성되어 서가에 다시 꽂아 넣을 때마다 걸인을 생각했다. 그는 지금 어디 있을까? 무얼 하며 시간을 보낼까? 책이 사라진 세상에서 무엇을 통해 이 냉담한 현실을 잊을까?

그는 아마도 다른 도서관에 갔을 것이다. 도서관은 동네마다 있다. 거의 다 무료입장이다. 간혹 값비싼 미술 서적이나 디자인 서적들을 모아놓고 유료입장 혹은 회원제로 운영되는 도서관들이 있는데 그것들은 진정한 도서관이라고 보기 어렵다. 책들은 누구도 차별하지 않는다. 이곳은 민주적이고 무엇보다 내일을 견딜 수 있는 힘과 미래가 있다.

그녀는 노숙자가 또 다른 도서관에서 손톱만 한 커터날로 또 다른 책들의 페이지를 찢고 있는 광경을 상상해보았다.

처음 CCTV 화면을 봤을 때 그가 왜 책을 찢었는지 궁금했다. 그는 반년째 누구보다 일찍 이곳에 왔다. 한번 책을 읽기 시작하면 최소한 두 시간 동안은 꼼짝도 하지 않고 집중했다. 어쩌면 그는 책의 한 페이지를 찢으면 그 세계의 한 조각을 훔치는 것처럼 느꼈는지도 모른다.

그녀는 페이지들 간의 연관성을 찾아보려고 애썼지만 특이점은 눈에 띄지 않았다. 수백 장의 페이지 중 구태여 이 부분을 찢어버려야 했던 이유란 알기 힘들었다는 뜻이다.

그녀는 마지막 책을 서가에 꽂아 넣었다. 그 순간 뭔가가 그녀의 머리를 스치고 지나갔다.

그녀가 도서관을 나온 건 누군가 그녀가 책장을 찢는 걸 제보했기 때문이었다.

관장이 책 한 권을 내밀었다. 관장이 포스트잇을 붙여둔 곳을 열었다. 관장이 그녀에게 몇 권의 책을 파손했는지 물었다.

"몰라요."

일 년 전 새로 부임해온 관장은 못마땅한 얼굴로 그녀를 바라보았다. 그녀는 자신이 책을 찢은 건 인정했지만 얼마나 많은 책을 찢었는지는 침묵했다. 관장도 더는 추궁하지 않았다. 책을 찢은 건 기물파손죄에 해당하지만 그것이 열 권인지, 백 권인지, 천 권인지, 만 권인지에 따라 죄의 경중이 달라지는가는 명확하지 않았기 때문이다.

도서관에는 못해도 10만 권 이상의 책이 있다. 아무리 관장이라 한들 그것들을 다 일일이 확인해볼 수는 없는 일이다. 물론 애꿎은 다른 사서에게도 맡길 수 없는 일이었다.

그것은 사막에 떨어진 바늘 찾기와 비슷했다. 수백 장의 페이지 중 한 장을 찾기란 얼마나 어려운 일인가? 그러나 그 한 장의 페이지는 바늘보다 더 중요하다. 그 책을 읽지 않은 사람에게는 아무런 의미가 없지만 일단 그 책을 읽기 시작한 사람에게는 한 장이라도 없으면 안 된다. 한 장의 페이지라도 빠진 책은 서가에 꽂을 수 없다.

관장은 그녀를 해고했다. 찢긴 책이 뭔지 알 수 없어 애가 탔지만 어쩔 수 없었다. 그저 시간에 맡기는 수밖에 없었다. 파손된 책을 찾을 미래의 독자들에게.

그녀는 도서관을 나왔다. 그녀가 찢은 책 페이지들은 자신의 집에 있었다. 그녀는 그것들을 책으로 엮었다. 그것들은 개연성도 없고 어떤 의미로도 연결되지 않았지만 한 권의 분량은 되었다.

롤라는 내 맞은편 침대에 앉았다. 그녀는 침대 헤드에 베개를 세워서 몸을 기대고는 양쪽으로 우리를 번갈아 보며 이야기를 이어나갔다.

롤라의 얘기는 어딘가 애매했다. 그녀가 이곳까지 와서 들려줄 만큼의 가치는 없었다는 얘기다. 그렇다면 어떤 게 가치 있는 이야기인가? 그들의 미래가 어떻게 흘러갔어야 가치 있다고 말할 수 있나? 가치 있는 미래라는 게 과연 존재하긴 할까?

롤라가 내 생각을 꿰뚫어 보기라도 하듯 나를 쳐다보았다. 그녀가 일어나 남은 샴페인을 잔에 부었다. 그리고 다시 돌아와 침대에 앉았다. 이제 내 차례였다. 롤라가 들려준 이야기는 앞의 이야기들과 전혀 달랐다.

내가 바에서 일한 지 이 년이 조금 넘었다. 전에는 다른 일을 했지만 그 일은 적성에 맞지 않았다. 나는 맥주를 서빙하고 설거지를 했다. 가끔 간단한 칵테일도 만들었다. 허드렛일은 내 적성에 맞았다.

바에서 일하는 게 좋은 이유는 여러 사람을 볼 수 있기 때문이었다. 나는 사람들에게 관심이 있었다. 사람이 하나의 인생밖에 살 수 없는 것만큼 지루한 건 없다. 그래서 자신의 인생과 다른 사람의 인생을 손쉽게 칵테일처럼 섞는 거라고 생각했다.

오래 일하다 보니 눈에 익은 손님들도 제법 생겼다. 그들 중 몇몇은 내게 다른 곳에선 말 못 하는 은밀한 고민을 털어놓기도 했다. 그들이 그러는 건 좋기도 하고 슬프기도 했다.

그들이 나와 친구가 될 생각이 없다는 뜻이었으니까.

단골 중에는 그 남자도 있었다. 그는 마흔 살 전후로 늘 잡아 뜯긴 닭털 같은 너저분한 옷을 입고 왔다. 머리는 덥수룩하고 빗질을 한 번도 하지 않은 것처럼 보였다. 눈은 사다리꼴이고 말할 때 윗입술이 얇은 종이처럼 안으로 말렸다.

그는 소설가였다. 지금까지 여섯 권의 책을 냈는데 그중 한 권은 불티나게 팔렸다. 나도 궁금해서 그 책을 읽어보았다. 그 책은 별로 중요하지 않은 전화번호처럼 한 번 보고 잊어버리기 좋은 책이었다.

"꿈에서 본 존재가 현실의 존재보다 더 강렬한 질감으로 다가온 경험을 한 적이 있나요?"

그가 질문을 했다. 내 대답을 바라고 던진 질문은 아니었다. 자기 이야기를 하기 위한 그럴듯한 서두일 뿐. 나는 없다고 대답했다.

"저는 있어요. 한 여자였어요. 빨간 머리의 백인 여자였지요. 로커 스타일로 입었고 사십 대 후반으로 나이는 꽤 있었어요. 우리는 바에서 만났지요."

그가 빠르게 잔을 비웠다. 나는 그의 빈 잔을 채워주었다. 아직 초저녁이라 손님들이 많지 않았다. 나는 그의 얘기에 귀 기울였다.

그는 그녀를 바에서 만났고 자연스럽게 그녀와 대화를 나누었다고 말했다.

"생긴 건 전혀 제 스타일이 아니었어요. 그런데도 그녀와 얘기하는 게 몹시 즐거웠어요. 지금껏 누구를 만나도 그렇게 즐거운 적이 없었지요. 나는 그녀에게 완전히 빠져버렸어요."

그는 그녀와 아주 오랫동안 대화를 나누었다. 그래서 꿈에서 깼을 때 크나큰 상실감을 느꼈다. 그 생생한 쾌락과 기쁨의 질감이 그를 슬프게 했다.

현실은 그에게 사람이 죽는다는 것만큼이나 끔찍한 진실을 알려주었다. 그녀가 존재하지 않는다는 것. 그것은 그가 그녀와 나눈 시간과 대화 역시 존재하지 않는다는 걸 뜻했다.

"그럴 수 있을까요?"

나는 잘 모르겠다고 고개를 저었다. 그의 질문에 대한 의견이 없는 것은 아니다. 나는 그런 주제에 관해 이야기하기를 좋아하지만 손님들 앞에선 되도록 점잔을 빼는 편이다. 내 의견 따윈 궁금해하지 않을 게 뻔하니까.

그는 하루 종일 그 백인 여자를 떠올렸다. 그녀의 얼굴이 너무 또렷해서 자신이 아는 얼굴 중에 비슷한 얼굴이 있는지 찾아보려고 했다. 최근에 본 영화에 나오는 배우가 아닐까도 생각했지만 잘 익은 토마토 빛깔의 머리칼을 가진 여자는 설령 가발이라 할지라도 본 적이 없었다. 그는 자신이 어렸을 때 한 달 다니다 그만둔 영어 학원 강사도 떠올렸다. 그녀는 겹겹이 쌓은 팬케이크 같은 몸매에 눈빛은 녹색이고 머리는 누런 금발이었다. 성대에도 살이 쪄서 휴지로 목이 막힌 것 같은 목소리로 말을 했다.

그는 그녀를 잊어버리려고 애를 썼다. 그럴수록 그녀는 입체적으로 나타났다. 꿈에서 봤을 때보다 더더욱 선명하게 되살아났다.

그는 주위에 아는 심리학과 교수, 정신과 의사, 심지어 심령술사까지 찾아갔다. 그들은 증상의 원인을 그의 내부에서 찾고자 했다. 그의 숨은 욕망이 꿈으로 재현되었다는 것. 그녀는 그가 만든 공상이며 실재하지 않는다는 것. 한마디로 허깨비라는 것.

"내가 감독이 되고 내가 그린 인물들이 주체성을 가지고 무의식의 대본을 읊는 거지요. 그 연극의 주제는 욕망입니다."

그는 그들의 말을 대체로 납득했다. 그것은 누구나 할 수 있는 말이었다. 꿈이란 설명할 수 없는 것이고, 설명할 수 없는 것들에 대해 인간은 더욱 확신을 가지고 말할 수 있다. 그래서 그는 결론을 내렸다.

"그녀는 존재하는 게 분명해."

그는 책과 인터넷을 뒤지기 시작했다. 미국 텍사스에 사는 여자가 잃어버린 자신의 쌍둥이를 꿈에서 본 뒤 미네소타에 있는 동생의 집을 찾아가 상봉했다는 기사를 읽었다. 태국에 사는 어떤 남자는 여덟 살 때 한 여자아이를 꿈에서 봤는데 그가 스무 살이 될 때까지 그 여자아이를 만났다고 했다. 어느 날 길에서 그 여자와 마주쳤고 그녀도 남자를 알아보았다. 그녀도 똑같이 여덟 살 때부터 꿈에서 그 남자를 만났다는 것이다. 그것 말고도 설명할 수 없는 불가사의한 일들이 많이 있었다. 그는 자기 사례도 그런 경우 중 하나일 거라고 생각했다. 그녀를 적극적으로 찾아 나서기 시작한 것도 그때부터였다. 그가 그녀에 대해 아는 정보라곤 그녀가 새빨간 머리를 가졌다는 것뿐이다.

그가 여자를 찾은 지도 일 년이 넘었다. 그는 바에 가면 혹시라도 그녀와 닮은 사람을 만나지 않을까 해서 한동안 끊었던 술을 다시 마셨다. 원래부터 심각한 알코올중독이었다. 계단에서 굴러서 오른쪽 손목 인대가 끊어지고 난 뒤부터는 술을 끊었다.

그는 이곳이 꿈에서 봤던 바와 가장 흡사하다고 말했다.

“계속 여기 앉아 있다 보면 언젠가는 그녀가 저 문을 열고 들어오지 않을까 하는 예감이 들어요.”

그가 술 한 잔을 더 주문했다. 나는 빈 잔에 위스키를 가득 채워주었다. 그리고 그가 찾는 사람이 누군지 안다고 말했다.

"그녀는 실재해요. 제가 봤거든요."

나는 롤라가 나를 호텔로 초대했고 거기서 만난 여자들에 대해서도 들려주었다. 롤라가 우리 세 사람의 운명을 꿈에서 봤고 그것을 알려주러 왔다는 것도 말해주었다. 롤라가 내게 말했을 당시만 해도 그녀의 말을 믿지 않았지만 이제는 내가 그 말을 믿게 되었고, 그에게 이 얘기를 들려줄 수 있게 되었다는 것도.

"그녀는 지금 어디 있나요?"

그가 물었다.

"몰라요."

그를 정말 만나게 될 줄 알았으면 롤라의 연락처를 버리지 않았을 텐데(정확히 말하면 잃어버린 것이다) 그때만 해도 나는 롤라를 믿지 않았다. 그럴 수밖에 없는 게 그건 내 얘기가 아니었으니까. 다름 아닌 롤라의 얘기였으니까.

"그렇군요."

그가 상한 음식을 먹은 것 같은 표정을 지었다. 그는 일 년 넘게 한 여자를 찾아 헤맨 사람답지 않게 무덤덤한 목소리로 말했다.

그는 내 말을 믿지 않았다. 그럴 만하다. 내가 롤라에게 그 이야기를 들었을 때도 나 역시 믿지 않았으니까.

그것이 롤라의 마지막 이야기였다. 그것이 롤라가 이곳에 날아온 이유였다. 자신의 이야기가 아니었다면 그녀가 자신과 아무런 관련도 없는 세 사람을 위해 한국까지 날아올 이유는 없었을 것이다.

롤라는 바에 와서 그를 기다렸다. 그는 나타나지 않았다. 그것은 롤라의 계획에는 없던 일이었다. 시간이 없었다. 그날은 그녀의 마지막 밤이었다. 다음 날 오전 여덟 시까지 공항에 가야 했고 때마침 내가 그녀에게 말을 걸었다. 그녀는 내가 그 남자에게 자신은 존재한다는 걸 말해주기를 원했다. 롤라가 자신의 연락처를 건넸지만 나는 그것을 잃어버렸다. 나는 그녀의 말을 믿지 않았다. 그것이 내 얘기가 아니라는 것도 김이 샌 이유였다.

그게 벌써 일 년 전 일이다. 롤라는 시간이 되자 활짝 열어젖힌 캐리어에 자신의 짐을 잡히는 대로 담았다. 짐이 얼마 없어서 그녀가 아무렇게나 집어던져도 공간이 넉넉했다. 우리는 그녀와 함께 밖으로 나왔다. 어둑어둑한 공기 사이로 그녀의 붉은 머리칼이 새벽녘 사람들을 꿈속으로 몰아낸 뒤 다 타버린 캠프파이어 불씨처럼 사라졌다. 니트 원피스는 택시를 탔고 푸른 후드티와 나는 전철역까지 걸어갔다. 푸른 후드티는 생각보다 더 말수가 적었다. 나는 푸른 후드티에게 뭔가를 물어볼까 하다가 말았다.

우리는 그 이후 한 번도 만난 적이 없다. 물론 롤라도. 슬프게도 그녀들 중 누구도 자신의 운명을 바꾸지 못했으리라는 생각이 든다.

"진짜예요. 롤라는 당신을 만나고 싶어 했어요."

내가 한 번 더 말했다.

"얘기 잘 들었어요."

나는 그가 정말 롤라를 찾아 헤맨 것이 맞는지 의심스러웠다. 그 정도로 간절하게 롤라를 찾았다면 적어도 귓등으로라도 내 말을 듣는 척했어야 했다. 하지만 그는 그러지 않았다. 나를 거짓말쟁이라고 생각했다.

그는 내가 바에서 일하면서 글을 쓴다는 걸 알고 있었다. 예전에 내가 쓴 소설을 한번 보여준 적이 있는데 그는 흥미롭다는 말을 끝으로 더 이상 아무 말도 하지 않았다. 그는 내가 자기 관심을 끌려고 그런 거짓말을 지어냈다고 생각했다. 그것도 아주 시답잖은 거짓말. 그는 급기야 짜증이 났지만 그러한 감정조차 낭비라는 듯 따분한 표정을 지었다. 내 말이 끝나자 큰소리로 웃으며 '그런 이야기'들은 소설로도 쓰지 않는다고 경멸조로 말했다.

그는 더 이상 바에 모습을 드러내지 않았다. 그러나 나는 롤라에 대한 생각을 떨칠 수가 없었다. 롤라가 그러라고 알려준 게 아니지만 나는 내가 뭘 해야 할지 알아냈다.

박수 치는 남자

그는 사십 대 중반이고 머리에는 새치가 있으며 적당한 근육과 나잇살이 섞인 체격이었다. 그는 시도 때도 없이 박수를 쳤다. 아무런 예고도 없이, 특별한 이유도 없이. 그가 박수를 치면 사람들은 깜짝 놀라서 그를 쳐다보았다. 그 소리가 매우 컸기 때문이다.

사람들은 대체 왜 박수를 치느냐고 물어보았다. 남자는 싱글벙글 웃기만 하고 이유를 말해주지 않았다. 그러곤 또다시 넓적한 두 손을 부딪치는 것이다. 사람들은 그 소리에 놀라 비명을 지르거나 양손으로 귀를 막았다. 권총 소리처럼 단발적인 폭음에 얼굴을 붉히는 사람들도 있었다. 사람들은 남자가 혈액순환 때문에 박수를 치는 거라고 했다. 혹자는 관심을 받고 싶어서 그런 거라고 했다. 박수 소리에 놀라 돌아보면 언제나 세상에서 가장 행복한 사람의 미소를 짓고 있었기 때문이다.

한 남자가 "시끄러우니 그만합시다!"라고 소리를 질렀다. 그러자 남자는 놀라서 손을 호주머니에 집어넣더니 슬픈 눈으로 돌아섰다. 그러나 십 분 뒤 또 다른 장소로 가서 언제 그랬냐는 듯 그 작은 악기를 끄집어냈다. 그것은 캐스터네츠보다는 크고 심벌즈보다는 작았다. 그는 언제 어디서든 연주할 수 있었다.

그런 일이 반복되자 그를 아는 사람들은 남자만 보면 지레 박수 소리를 들은 것처럼 불쾌해했다. 하지만 어떤 날 집에 돌아가서 잠들기 전에, TV에서 좋아하는 가수의 공연이 나올 때, 생일이나 결혼기념일에 자기도 모르게 박수 치는 일이 생기면 흠칫 놀라며 남자를 떠올렸다.

그들은 남자가 문제일까, 박수가 문제일까 생각했다. 그것은 우열을 가리기 힘든 문제였다. 한마디로 둘 다 문제였다. 일단 박수는 아무 때나 치라고 있는 것이 아니다. 박수를 치는 경우는 대개 좋은 일이 있을 때다. 박수 소리가 듣기 좋으려면 반드시 좋은 일이 있어야만 한다. 그런데 그들에게 좋은 일은 펜팔 친구의 편지처럼 끊긴 지 오래되었다. 그렇기에 남자가 박수를 치면 본능적으로 불편한 감정이 들었다. 그렇다고 박수를 치지 말라고 하자니 그것도 좀 치사해 보였다. 마치 축하받을 일이 없는 걸 들킨 것처럼. 그래서 그들은 박수 치는 남자만 보이면 이러지도 저러지도 못하고 슬그머니 자리를 피했다.

그가 처음 박수를 친 건 두 살이 되던 무렵이다. 그 최초의 순간은 일반적인 아이들보다 일 년 더디게 찾아왔다. 부모는 기뻐했다. 아이에게 무슨 문제가 생겼을까 봐 걱정했던 것이다. 아이는 양손을 쫙 펼쳐서 크게 소리 나게 열 번을 쳤다. 뒤늦은 것치곤 또렷하고 경쾌했다. 마치 자기가 태어난 걸 이제 막 깨달은 것처럼.

다른 아이들은 박수 말고도 손으로 하는 다른 많은 일(예를 들면 장난감을 가지고 논다든가, 모래 놀이를 한다든가, 집 안을 어지럽힌다든가, 자기 성기를 만진다든가)에 흥미를 느꼈지만 아이는 맨 처음 자신의 손으로 한 행위에 사로잡혔다. 그날 이후 시도 때도 없이 손뼉을 쳤다. 처음엔 장단을 맞춰주던 부모도 나중에는 참지 못하고 아이를 방 안에 가두어버렸다. 그런데도 박수 치는 소리가 멈추질 않자 아예 아이의 양손을 묶어버렸다.

아이가 여섯 살이 되던 해 부모는 그를 병원에 데리고 갔다. 젊지만 카리스마 있는 의사는 아이들이 손가락을 빠는 것처럼 박수도 손으로 하는 강박증세라고 진단을 내렸다. 그러한 진단은 조금도 프로이트적이지 않았고 에로틱하지도 않았지만 부모는 그럼 어떻게 해야 하느냐고 물었다. 손가락을 빨면 고약이라도 바르면 된다지만 손뼉치기를 멈추는 법은 들어본 적이 없기 때문이다. 의사가 말했다.

"더 세게 치게 하세요."

아이가 손뼉을 칠 때마다 부모는 더 세게 치라고 부추겼다.

"더 세게! 더 세게!"

아이는 영문도 모르고 손바닥이 빨개지도록 박수를 쳤다. 얼마나 세게 쳤는지 나중엔 귀와 목덜미까지 새빨개졌다. 아파하면서도 멈추지 않았다.

의사의 말은 과연 효과가 있었다. 한동안 아이는 박수를 치지 않았다. 그러나 어느 날 아침 아이가 또다시 박수를 치기 시작했다. 전보다 더 빨리, 더 세게. 얼마나 세게 치는지 그 모습이 마치 차력사가 자기 한계를 뛰어넘으려는 것처럼 보였다. 부모는 포기했다. 아이의 손바닥은 북에 쓰는 송아지 가죽처럼 단단해졌다. 박수 소리도 더 질기고 묵직해졌다.

일곱 살이 되자 아이는 학교에 들어갔다. 아이는 금방 문제아가 되었다. 교사들은 처음 보는 아이의 모습에 당혹스러워했다. 일반적으로 박수가 기쁨, 독려, 격려, 칭찬 등등 좋은 의미의 행동으로 알려져 있어 아이를 나무라는 게 옳은 일인지 헷갈렸던 것이다. 그러나 수업에 방해가 되는 것도 사실이었으므로 처음에는 주의 정도만 주었다. 인내심이 바닥나기까지는 오래 걸리지 않았다.

참다못한 교사가 아이를 복도로 쫓아냈다. 아이가 고개를 푹 숙이고 복도로 나갔다. 잠시 후 아이들이 웃음을 터뜨렸다. 아이가 텅 빈 복도에서 손뼉을 쳤던 것이다. 그 소리가 얼마나 큰지 다른 학급에도 들렸다. 다른 반 아이들도 배를 잡고 웃기 시작했다. 학교는 웃음바다가 되었다. 교사는 황급히 아이를 데리고 교실로 들어왔다.

어떤 교사는 아이의 귀에 대고 세게 손뼉을 쳤다. 그래도 소용없자 아이들을 줄을 세워 돌아가며 손뼉을 치게 했다. 아이들은 마치 즐거운 놀이라도 하는 양 손바닥을 오므리거나 활처럼 팽팽하게 펼쳐서 박수를 쳤다. 조금 못된 아이들은 손바닥에 종이를 붙였다. 그러면 소리가 두 배는 크게 났다. 그래도 소용없었다. 아이는 감미로운 음악이라도 듣는 듯 눈을 감고 천천히 음미할 따름이었다.

음악 교사는 좀 더 창의적으로 접근했다. 아이의 박수에 리듬감을 입혀보기로 한 것이다. 방과 후 그녀는 아이를 따로 불렀다.

"이게 4분의 4박자야."

그녀가 손뼉을 쳤다. 아이는 곧잘 따라 했다. 그녀는 다른 박자도 가르쳤다. 아이는 재미있어했다. 이해력도 좋았다. 적어도 음악 시간만큼은 아이의 박수는 훌륭한 악기가 되어줄 터였다. 드디어 음악 시간이 되자 교사는 기대감에 차서 아이를 바라보았다. 아이는 제멋대로 박수를 쳤다. 음악 선생도 포기했다.

아이에게 정신적인 문제가 있는 것일까, 아니면 지능적인? 아니다. 아이는 공부를 잘했고 박수를 치지 않을 때는 지극히 정상이었다. 그는 조리 있게 말했고 사람들을 기분 좋게 할 줄도 알았다. 1등은 아니어도 반에서 2, 3등은 꾸준히 했다. 그래서 아이들은 그에 대해 더 이상 나쁜 생각은 품지 않았지만 친구는 될 수 없었다. 그들은 깜짝 놀라고 싶지 않았다. 같이 있다가 다른 사람들을 놀라게 하고 싶지도 않았다. 그것은 심장에 좋지 않을뿐더러 인생에도 좋지 않게 느껴졌다. 그 결과 학창시절 내내 그는 외톨이였다.

대학생이 되자 상황이 조금 달라졌다.

대학생들은 관대했다. 그들은 인권에 관심이 많았고 특히 약자를 보호하는 일에 민감했으므로(인권과 박수가 무슨 연관이 있는지는 모르겠지만) 그의 박수는 처음으로 큰 문제가 되지 않았다.

그는 어떠한 제재도 받지 않고 박수를 치고 다녔다. 강의실에서도, 도서관에서도, 대강당에서도, 학생식당에서도 당당하게 박수를 쳤다. 잘생기지도 않고 특별히 눈에 띄는 외모도 아니어서 그의 행위는 돋보였다. 웬만한 학생들은 이제

다 박수 치는 남자를 알아보았다. 그들은 박수 치는 남자가 지나가면 목소리를 낮추고 쑥덕거렸다.

"그가 또 삶을 축복하러 돌아다니는군."

그는 대학을 수석으로 졸업했다. 그리고 대기업 연구원이 되었다.

회사에서도 그는 별종 취급을 받았다. 그래도 진지하게 문제 삼는 사람은 없었다. 그가 워낙 일을 잘하기도 했고 박수 치는 것만 빼면 깊은 산속에 흐르는 샘물처럼 맑고 고요한 사람이었기 때문이다.

하루는 회사 프로젝트 때문에 각 부서 담당자들이 한데 모인 자리에서였다. 이견은 쉽게 좁혀지지 않았다. 사람들이 하나둘 지쳐갈 즈음 별안간 남자가 박수를 쳤다.

사람들은 그가 그 유명한 박수 치는 남자라는 걸 알고 있었다. 몇 번 본 사람들은 놀라지 않았지만 그 광경을 처음 본 사람들은 적잖이 충격을 받았다. 그녀도 마찬가지였다.

그녀도 소문의 남자를 익히 들어 알고 있었다. 눈앞에 있는 남자가 그 사람인 줄은 꿈에도 몰랐지만. 미팅이 끝나고 나서도 좀처럼 그 모습이 머릿속을 떠나지 않았다. 왜일까. 그녀는 그 이유를 알았다. 그의 박수에는 유머가 있었다. 그것은 인생에 가장 필요한 것이었다.

며칠 뒤 그녀가 사내 메신저로 말을 걸었고 두 사람은 자연스럽게 저녁 식사를 함께했다. 남자는 낯가림도 심하고 말수가 많은 편도 아니었다. 그러나 식당에서 무려 세 번이나 박수를 쳐서 사람들의 눈총을 샀다. 옆 테이블에 앉은 여자가 놀라서 포크를 바닥에 떨어뜨렸다. 웨이트리스는 자길 부르는 줄 알고 다가왔다가 눈을 흘기며 사라졌다. 한 꼬마가 그를 보고 따라서 박수를 쳤다가 부모에게 혼이 났다. 그녀는 이 모습을 전부 지켜보았다.

그는 박수를 치고 나서 아무 일도 없었다는 듯 식사에 집중했다. 부끄러움이나 수치심 같은 건 보이지 않았다. 그녀는 유쾌했다. 역시나 잘못 본 게 아니었다.

두 사람은 정식으로 교제를 시작했다. 남자는 그전에도 두 명의 여자친구를 사귄 적이 있다. 관계는 오래가지 못했다. 그녀들은 그저 호기심에 그를 두어 번 만난 것뿐이었다. 그녀도 호기심에 자길 만나는 게 아닐까 생각했다. 그건 웃기는 생각이었다. 사랑하는 사람의 인생을 궁금해하는 건 지구가 반시계방향으로 도는 것처럼 자연스러운 일이다.

어느 화창한 일요일 오후 두 사람은 미술관에 갔다. 그림을 보다 말고 그녀가 별안간 박수를 쳤다. 사람들이 놀라서 그녀를 쳐다보았다. 그들은 그녀의 세련되고 고급스러운 외모를 보고 큐레이터나 전시책임자인가 보다고 생각했다. 정작 충격을 받은 사람은 남자였다. 그는 얼떨떨해서 그녀를 쳐다보았다. 그 일로 자신의 새 애인에게 완전히 마음을 열었다.

그녀는 자신이 박수 치는 걸 처음으로 좋아해 준 사람이었다(남자의 부모조차 박수라면 진저리쳤다). 그러나 박수가 아니었다면 그녀가 그를 사랑할 일은 없었을 것이다. 물론 그를 부끄러워한 적도 없다. 오히려 박수를 쳐야 할 때 치지 않는 게 더 부끄러운 일이라고 생각했다.

그런 그녀도 처음으로 박수를 치지 말아 달라고 부탁한 적이 있다. 두 사람의 결혼식 날이었다. 그녀는 예식 중에 박수를 치지 말아 달라고 부탁했다. 그녀가 변심한 건 아니었다. 단지 남편을 잘 모르는 하객들이(특히 그녀의 가족과 친구들) 그를 이상하게 볼까 봐 신경 쓰였던 것이다. 남자도 그러겠다고 했다.

그러나 결과적으로 남자는 여자와의 약속을 지키지 못했다. 주례 도중 참지 못하고 박수를 치고 말았던 것이다. 놀란 주례사가 말을 멈추었다. 신부 측 부모도 놀라긴 마찬가지였다. 신랑 측 부모만이 나직이 탄식했다. 그들은 자기 아들이 왜 저러는지 알고 있었다.

신부는 예식 전에 이런 상황을 염두에 두고 사회자와 미리 입을 맞추어놓았다. 사회자가 얼른 마이크를 잡았다.

"신랑이 너무 좋아서 참을 수가 없나 봐요."

그것은 사실이었다. 그날은 두 사람의 인생에 가장 행복한 날이었다. 하객들은 어리둥절해하다가 사회자의 말을 듣고 웃음을 터뜨렸다. 그들이 일제히 환호하며 손뼉을 쳤다. 남자가 박수 치는 걸 순수한 기쁨의 표현으로 이해한 것이다.

아내는 남편이 박수 치는 게 좋았다. 그의 박수 소리를 들으면 우울해졌다가도 활력이 생겼다. 그가 박수 치는 이유가 분명히 있었으므로. 그런데 막상 결혼을 하자 그 이유를 찾지 못할 때도 종종 생겼다. 그들이 같이 있는 시간이 늘어나기도 했고 그녀가 생각하기에 박수를 쳐야 할 때 남편이 치지 않는 경우도 더러 있었기 때문이다. 예를 들면 그녀가 세 시간이나 걸려 요리를 해주었을 때도 그랬다. 결혼한 지 일 년 만에 방 두 칸짜리 빌라에서 세 칸짜리 아파트로 이사했을 때도 그랬다. 그녀가 과장으로 승진했을 때도 남편은 멋진 저녁과 꽃다발은 준비했어도 박수는 치지 않았다.

그의 박수 치는 습관이 느슨해진 것은 아니다. 그는 꾸준히 열성적으로 박수를 쳤다. 그녀가 원하지 않을 때. 그래서 그 박수는 그녀와 점점 관계가 없는 것처럼 느껴졌고 그녀를 외롭게 했다.

그들은 연애할 때 한 번도 싸운 적이 없지만 부부가 되어 처음으로 다투었다. 그 싸움은 허공에 대고 하는 주먹질과 같았다. 분노만 있고 결론은 없었다.

오 년 만에 그들은 이혼했다. 양쪽 집안 누구도 두 사람의 결정을 반대하지 않았다. 그들은 그녀가 왜 갈라서고 싶어 하는지 잘 알고 있었다. 마침 둘 사이에 아이도 없었다.

법원에서 나오는데 남자가 또다시 박수를 쳤다.

"그만해."

여자가 말했다. 남자가 더 세게 박수를 쳤다.

"그만하라니까!"

여자가 소리쳤다. 그 순간 남편의 볼에 한 줄기 눈물이 흘렀다. 그녀는 몹시 당황했다. 그때까지 남편이 우는 걸 본 적이 한 번도 없었기 때문이다. 그것은 이제껏 그녀가 한 번도 생각해본 적 없는 새로운 결론에 도달하게 했다. 남편은 그녀를 무시하거나 존중하지 않아서 박수를 친 게 아니었다. 정확하게 말하면 그는 슬플 때도 박수를 쳤다.

한마디로 그것은 병이었다. 왜 미처 몰랐을까. 그녀는 어이없는 얼굴로 그를 쳐다보았다.

"잘 살아."

그는 또다시 외톨이가 되었다.

* * *

세월이 흘러 박수 치는 남자도 나이가 들었다. 얼굴은 주름지고 치아는 낡은 벽지처럼 누레졌지만 박수 치는 습관만은 여전했다.

예전에는 사람들이 그에게 왜 박수를 치는지 물어보았다. 그런데 이제는 물어보는 사람이 아무도 없었다. 그를 아는 사람들은 오래전에 그 질문을 했고 그를 처음 보는 사람들은 나이든 남자의 박수를 별로 궁금해하지 않았다.

"머리가 이상해진 거야. 우리 삼촌도 그랬어. 나이가 들면 다 저렇게 돼."

젊은 사람들은 세상이 그를 그렇게 만들었다고 생각했다. 그들은 아직 가보지 않은 길에 대해 부정적인 시각을 가지고 있었다. 그래서 삶이 더 힘들어졌고 세상 역시 좀처럼 나아질 수 없다는 건 몰랐다.

박수 치는 남자는 여전히 혼자였지만 조금도 외롭지 않았다. 박수를 치면 되니까. 그러면 박수는 언제 어디서든 남자에게 대답해주었다. 그 대답은 남자의 마음에 들었다.

그는 전보다 더 오래, 더 자주 박수를 쳤다.

그의 박수가 언제나 말썽만 일으킨 것은 아니다. 사실은 그의 박수가 이로운 적도 꽤 있었다. 애석하게도 그런 경우 그의 귀에 들어가지 않았을 뿐이다.

"벌써 몇 해 전 일인데 말이야……."

그들은 가족이나 친구들에게 박수 치는 남자의 목격담을

들려주었다.

그들은 박수 치는 남자에 대해 자세하게 이야기했다. 시간이 좀 지나서 말을 꺼낸 건 그제야 과거를 되돌아볼 용기가 났기 때문이다. 인생이 한결 편안해졌고 그것은 박수 치는 남자 때문이었다. 그들은 절대 그를 잊지 못할 것이다.

"나도 만나보고 싶군."

이야기가 끝나면 사람들은 감동해서 말했다. 그러나 설령 박수 치는 남자를 만난다고 하더라도 못 알아볼 확률이 높다. 그를 알아보는 사람들은 정해져 있기 때문이다.

이것은 그들의 이야기다.

* * *

그녀는 오 년간 어머니를 모셨다. 남편의 형제들은 치매에 걸린 어머니를 요양원에 모시자고 했다. 남편만이 극구 반대했다. 그 결과 마음씨 착한 아내가 어머니를 떠맡았다.

노인은 눈만 떼었다 하면 사고를 쳤다. 오래전 어린 두 아들을 키울 때보다 몇 배는 더 힘들었다. 그녀는 아이들이 독립하고 나서 잠깐이지만 요양보호사 공부를 한 적이 있다. 비록 자격증은 못 땄지만 세월이 흘러 결과적으로 비슷한 일을 하게 됐다. 그러나 가족을 돌보는 일과 생판 남을 돌보는 일은 다르다. 남을 돌보는 일은 보람과 긍지라도 있다지만 가족을 돌보는 일은 끝없는 자기희생만을 요구한다.

젊은 날 노인은 혼자서 다섯 형제를 키웠다. 전쟁통에 남편을 잃은 뒤부터 한시도 일을 쉬어본 적이 없었다. 말년에 드디어 휴식을 되찾나 싶었지만 곧바로 망각이란 병이 찾아왔다. 억척스러운 여인의 삶은 세월 앞에 속절없이 무너졌다.

며느리 역시 환갑을 바라보는 나이였다. 노인을 보고 있자면 인생이 허무해졌다. 내 인생을 남이 알아줄 필요는 없지만 내가 내 삶을 잃어버리면 얘기는 달라진다. 그건 좀 무서울 것 같았다.

그녀는 매일 오후 노인을 데리고 집 앞 공원에 산책을 나갔다. 노인은 길가에 핀 꽃만 보면 쪼그리고 앉아 방긋방긋 웃었다. 치매에 걸리기 전까지는 꽃을 좋아하는 줄 몰랐다. 꽃은커녕 좋아하는 게 아예 없어 보였다. 병에 걸리자 비로소 노인은 솔직해졌다. 며느리는 일주일에 한 번 꽃집에 들러 꽃을 사서 집 안에 꽂아놓았다.

그날 오후에도 두 사람은 산책을 나갔다. 한 바퀴를 돌고 벤치에 앉아 쉬고 있는데 웬 남자가 나타났다. 풀밭에 서서 박수를 쳤다.

그날 저녁 집에 돌아온 노인이 박수를 쳤다.

박수는 밤늦게까지 이어졌다. 남편이 아내에게 무슨 일이 있었느냐고 물었다.

"모르겠어."

그러나 밤에 침대에 누워 뒤척이다 말고 그녀는 무심코 박수 치는 남자를 떠올렸다.

그날 이후 노인은 틈만 나면 박수를 쳤다. 처음에는 그러다 말겠지 했지만 노인은 멈추지 않았다. 하지 말라고 해도 들은 척도 하지 않았다. 나중에는 그녀도 내버려두었다. 노인이 손바닥 마주치는 소리라고 해봐야 찰기라곤 하나도 없는 늙은 거죽이라 별로 시끄럽지도 않았다. 다만 노인이 박수에 왜 저렇게 집착하는지 이해가 안 되었다.

노인은 죽기 전까지 박수를 쳤다. 박수를 치고 몇 초 안 돼 눈을 감았다.

남편은 죽은 어머니가 며느리를 위해 박수를 친 거라고 말했다. 물론 그녀는 믿지 않았다. 그것은 단지 남편이 그녀를 기쁘게 해주기 위해 지어낸 동화 같은 얘기일 뿐이다.

노인은 아침마다 며느리에게 누구냐고 물었다. 심할 때는 거울 속 자신을 보고 누구냐고 물을 때도 있었다. 박수를 치고부터는 그런 질문을 하지 않았다. 거울을 보며 박수를 쳤고 그러면 눈앞에 있는 여자가 자기란 걸 알았다. 노인은 자기 자신을 기억하기 위해 박수를 친 것이다.

그러자 그녀는 갑자기 울컥하며 그 소리가 몹시 그리워졌다. 그러나 아무리 기다려도 박수 소리는 들리지 않았다.

그는 대학생으로 찢어지게 가난했다. 태어날 때부터 그랬다. 부모는 여섯 살 때 그를 보육원에 맡겼다. 돈을 벌면 데리러 온다던 약속은 지키지 않았다. 그는 열네 살 때 부모가 올 거란 기대를 버렸다. 그 대신 자기가 돈을 벌면 부모가 찾아올 거라고 생각을 바꾸었다. 그러려면 대학부터 가야 했다.

그는 이를 악물고 공부했고 대학에 들어갔다. 상황은 더 악화되었다. 학비에 생활비까지 벌어야 해서 아르바이트를 세 탕씩 뛰어도 부족했다. 그는 잠도 거의 못 잤다. 친구도 없었다. 성적은 바닥이었다.

부모의 소식은 여전히 오리무중이었다.

그는 이렇게 사는 게 의미가 있나 생각했다.

일을 마치고 돌아오는 길에 다리를 지나다 말고 반짝이는 강물을 보고 홀리듯이 버스에서 내렸다. 난간에 기대 물속을 들여다보니 검은 물이 유혹하듯 찰랑거렸다. 마치 이리로 오라고 손짓하는 것 같았다. 어서 와. 여기 오면 다 괜찮아져.

청년은 순간 나쁜 생각을 했다.

'이렇게 살아서 무얼 하나.'

그의 삶은 밑 빠진 독 같았다.

그는 충동적으로 난간에 한쪽 다리를 걸쳤다.

그때였다. 어디선가 박수 소리가 났다. 그가 깜짝 놀라 고개를 돌렸다. 다리 위로 자동차들이 무서운 속도로 질주했다. 그 굉음을 뚫고 분명 박수 소리가 났다.

마침 다리 위를 걸어오던 부부도 박수 소리를 들었다. 그들은 주위를 두리번거리다 다리 난간에 목마처럼 앉아 있는 그를 발견했다.

그들이 달려와 남자를 끌어내렸다. 끌어내리고 보니 너무 어렸다. 나이 든 여자가 아들 같은 생각에 그를 품에 안았다. 그의 입에서 울음이 터져 나왔다.

박수 소리는 꿈결처럼 아득히 들려왔다.

그는 그 소리에 귀 기울였다. 거기 있는 모두가 그 소리를 들었다.

그녀는 앞 못 보는 맹인이었다. 처음에는 볼 수 있었다. 병원에서는 망막색소변성증이라고 진단을 내렸다.

"미리 각오하시는 게 좋을 겁니다."

그때부터 그녀는 안경도 안 쓰고 일부러 눈을 감고 다녔다. 점자를 익히고 지팡이로 지면 보는 법을 연습했다. 안내견을 데리고 다니라는 조언은 무시했다. 그건 강아지에게도 못 할 짓이었다.

사람의 감각기관은 각각 도맡은 역할이 있어서 그걸 못하면 다른 기관으로 해결해야 한다. 청각, 후각, 촉각 그런 것들. 가장 어려운 게 방향감각이었다. 눈앞에 있는 장애물은 피하면 된다지만 어느 방향으로 갈지 정하는 건 눈 말고 다른 감각으로 대체하기 어려웠다. 인생도 마찬가지다.

피나는 연습과 노력에도 불구하고 막상 시력을 잃자 그녀는 어쩔 줄 몰랐다. 생각보다 현실은 더 끔찍했다.

그녀는 전철역에서 나와 어디로 가야 하나 망설였다. 평소 같으면 사람들에게 물어봤겠지만 그날따라 그러고 싶지 않았다. 언제까지고 누구의 도움에 기댈 수는 없는 일이었다.

그녀는 온 촉각을 곤두세웠다. 바로 그때 박수 소리가 났다. 바로 옆에서 치는 것처럼 가깝게 들렸다.

그녀는 어린 시절 즐겨 했던 눈 가리고 잡기 놀이를 떠올렸다. 아이들이 박수를 치면 눈을 가린 술래가 잡으러 쫓아가는 게임이었다. 그녀는 가위바위보를 잘해서 항상 술래를 면했다. 두 팔을 허우적거리며 발을 동동 구르는 술래를 보는 일은 즐거웠다. 그런데 이제 입장이 바뀌어 그녀가 술래가 되자 조금도 즐겁지 않았다. 다른 사람들도 마찬가지였다. 그들은 그녀 보기를 재미있어하지 않았다. 그녀가 영원한 술래였으니까.

그녀는 박수 소리가 나는 방향으로 가보기로 했다. 거기로 가면 원하는 걸 찾을 수 있을지도 모른다.

신기하게도 박수 소리는 끊기지 않고 계속 이어졌다. 마치 일부러 그녀를 위해 박수를 치는 것 같았다. 덕분에 그녀는 쓱쓱 나아갔다. 한 번 발을 헛디뎌 넘어질 뻔했지만 누군가 그녀를 잡아주었다.

박수 소리는 잡힐 듯이 가까워졌다가 다시 멀어지곤 했다. 그녀는 놓칠세라 얼른 박수 소리를 쫓아갔다.

얼마나 걸었는지 모른다.

마침내 박수 소리가 멈추었다.

그녀가 지나가던 행인에게 여기가 어디냐고 물어보았다. 그녀가 가려던 장소와 정 반대편이었다. 그녀는 실망했다.

"어디로 가세요?"

남자가 물었다.

"저도 그리로 가는데 괜찮으면 같이 가실래요."

그의 목소리는 코트 주머니에 넣은 손처럼 포근하고 아늑했다.

"좋아요."

그녀의 얼굴에 미소가 떠올랐다. 박수 소리는 진즉에 잊어버렸다.

그는 전철역 지하 환승 통로에 서서 바이올린을 연주하는 예술가였다. 그는 백인이고 기골이 장대했으며 숱이 없고 빛바랜 긴 머리털을 고무줄로 묶었다. 길고 후줄근한 트렌치코트 아래 회색 바지 밑단이 끌려 거무튀튀했다. 그 시청각적인 남자의 모습은 눈길을 끌었다. 예술가로서는 아니었다. 사람들은 모르긴 해도 그가 선진국에서 오지는 않았을 거라고 생각했다.

악사는 언제나 거기에 서서 바이올린을 켰다. 냉이나 더덕 파는 여자들과 함께.

환승 통로는 서울 시내에서 가장 붐비는 곳이었다. 웬만한 노선이 다 그곳을 통과했다. 새로 부임한 역장은 자기가 오기 전부터 거기 있던 사람들의 역사를 존중해주었다. 덕분에 그들은 눈치 보지 않고 온종일 거기 머물렀다. 밤낮없이 엉덩이를 붙이고 앉아 꾸역꾸역 조는 자세로 손님들을 기다렸다. 그곳은 무얼 팔기 좋은 곳이었다. 단, 죄다 바쁜 사람들이었으므로 많은 돈은 못 벌었다.

악사의 연주는 훌륭한 편은 아니었다. 냉정하게 말해서 애들이 켜는 바이올린 소리만도 못했다. 바이올린 특유의 가냘프고 구슬픈 선율이 예술을 한다기보다 구걸한다는 인상을 주었다. 그가 좀 더 제대로 된 양복만 갖추어 입었더라도 덜했을 것이다. 그 기타보다 작은 악기 케이스에는 늘 동전 몇 닢이 다였다.

그는 독일 사람으로 십삼 년 전 처음 한국에 왔다. 그가 속한 오케스트라가 내한공연을 하러 왔다. 공연이 끝나고 무대 뒤에서 한 여자를 만났는데 독일어가 꽤 유창했다. 그녀는 작곡 공부를 하는 대학생으로 이듬해 독일로 유학을 간다고 했다. 일 년 뒤 두 사람은 베를린에서 재회했고 사랑에 빠졌다. 두 사람은 결혼해서 작은 신혼집을 차렸다. 그러다 갑자기 그녀의 아버지 병세가 위독해지면서 급하게 한국으로 왔다.

이듬해 그녀의 아버지가 돌아가셨다. 그들은 독일로 돌아가지 않았다. 아내가 원해서였다.

그가 한국어를 전혀 못 해서 아내가 그의 일자리를 알아봐주었다. 그는 대학 강사 자리를 따냈다. 틈틈이 개인 레슨도 했다. 한국에 산 지 사 년 정도 되자 약간의 한국어도 더듬더듬 말할 수 있게 되었다. 사고가 터진 건 그가 강의를 마치고 돌아오는 길이었다. 빗길에 미끄러진 오토바이가 그의 옆구리를 쳤다. 간신히 목숨은 건졌지만 심한 신경 손상으로 전처럼 손을 유연하게 쓸 수 없었다.

그는 충격에 빠졌다. 그가 이 먼 나라까지 올 수 있었던 건 오로지 바이올린 때문이었다. 그런데 이제 전처럼 바이올린을 켤 수 없다고 생각하니 참을 수 없이 고통스러웠다. 그건 아내도 마찬가지였다. 그녀는 더는 그의 궁상과 히스테리를 받아주기 힘들었다. 결국 두 사람은 헤어졌다.

그는 빈털터리가 되었다. 아내도, 악기도, 심지어 고향도 잃어버렸다.

잠깐이지만 독일로 돌아갈 생각도 해보았다. 그러나 어차피 바이올린을 켤 수 없다면 독일에 가도 마찬가지였다. 그는 여기 올 때와 달리 젊은 나이가 아니었다. 얼굴엔 주름이 자글자글했고 손목은 시든 장미처럼 꺾여버렸다. 오늘날 전쟁은 사라졌어도 눈에 보이지 않는 패잔병들이 남아 있다. 이런 꼴로 돌아갈 바에야 그냥 남아 있는 게 백배 낫다.

그는 매일같이 아무것도 하지 않았다. 식사도 거르다시피 하고 하루 종일 멍하니 창밖만 바라보았다. 그러던 어느 날 무심코 켠 라디오에서 바이올린 연주가 흘러나왔다. 그것이 그의 마음을 건드렸다.

그는 오랜만에 바이올린을 집어 들었다. 적막만이 감돌던 집 안에 처음으로 음악 소리가 울려 퍼졌다. 이웃들도 그 소리를 들었다. 그들은 그가 왕년에 유명한 바이올리니스트였다는 걸 알고 있었다. 그가 사랑 때문에 이 낯선 나라에 왔고 이제는 영원히 돌아가지 못하게 되었다는 것도.

그들은 숨을 죽이고 귀를 기울였다. 만일 희망에도 목소리가 있다면 이러한 음색일 거라고 생각하면서.

그날 이후 그는 바이올린을 들고 거리로 나왔다. 맨 처음에는 공원과 다리 밑에서 연주를 했다. 사람들은 그가 외국인이라서 신기해했다. 그의 연주를 귀 기울여 듣는 사람은 없었다. 그래도 상관없었다. 예전만큼은 아니지만 바이올린을 켤 수만 있다면 아직 인생이 무덤으로 들어간 건 아니었다.

악사가 지하 환승 통로에 들어온 것은 두 달 전이었다. 날이 갑자기 추워졌기 때문이다.

직원 한 명이 웬 남자가 바이올린을 켜고 있다고 역장에게 보고했다. 역장도 악사를 보러 갔다. 그 퇴역 장교 같은 백인은 자기 손보다 기껏해야 한 뼘 더 큰 바이올린을 연주하고 있었다. 역장은 몇 년 전 파리에 출장을 갔을 때 기억을 떠올렸다. 전철역 통로마다 악사들이 있었다. 블루스, 컨트리, 재즈, 클래식 등등. 장르는 다양했다. 한 명이 아니라 여러 명이 모여 있기도 했다.

"내버려둬."

그날도 악사는 평소처럼 연주를 했다. 사람들은 시큰둥했다. 눈길도 안 주고 걸어가는 모습이 꼭 귀머거리 같다.

악사는 개의치 않았다. 사람들의 무관심은 익숙해진 지 오래다. 그래도 가끔은 상처를 받았다. 자신의 연주가 예전만큼 훌륭하지 않다는 뜻이었으니까.

그럴 때면 더욱더 자신의 행위에 파고들었다. 그가 손가락 끝에 바짝 힘을 주었다. 눈을 감고 자신의 연주에 귀 기울였다. 그 음색이 여전히 자신을 기쁘게 해주기만 한다면 그의 연주가 쓸모없는 것은 아니었다. 그는 혼신의 힘을 다해 연주했다.

퇴근 시간이 되자 사람들이 점점 더 많아졌다. 바이올린 소리는 구둣발 소리에 묻혀버렸다.

바로 그때 박수 소리가 들렸다.

누군가 그를 향해 박수를 치고 있었다.

그가 눈을 뜨고 소리 나는 곳을 바라보았다. 거기 그 남자가 서 있었다. 박수 치는 남자가.

사람들도 박수 소리를 들었다. 사람들은 악사를 알고 있었다. 매일같이 오가는 길이었기 때문이다. 연주는 평범했다. 못 들어줄 정도는 아니었지만 그렇다고 멈춰 서서 들어줄 정도도 아니었다. 더욱이 박수를 치는 사람은 처음 봤으므로 사람들은 의아해하며 관심을 보였다.

연주자 앞에 배낭을 멘 자그마한 외국인 여자와 두 명의 꼬마가 서 있었다. 여자는 보라색 패딩 점퍼를 입고 촌스러운 연두색 스카프를 동여맸다. 그녀는 막 이 낯선 타국에 도착했다. 오 년 전 홀로 이곳에 와 일하는 남편을 만나기 위해서였다.

아이들이 엄마의 손을 잡아끌었다. “엄마, 저기 좀 봐요.”

그녀는 늦을까 봐 초조했지만 아이들의 성화에 못 이겨 연주자 앞에 멈추어 섰다. 아이들이 눈을 초롱초롱 빛내며 음악을 감상했다. 그들은 거리의 악사를 처음 보았다. 사실상 바이올린 자체를 눈앞에서 처음 본 것이다. 그들이 사는 곳은 너무 촌구석이라 바이올린은커녕 음악 소리조차 듣기 힘들었다. 그것은 아이 엄마도 마찬가지였다. 그녀도 악사의 연주에 마음을 빼앗겼다. 그의 연주는 아름다웠다. 그것은 잠시 후 있을 남편과의 재회에 대한 기쁨과 더불어 풍족하지 않은 삶에 대한 막연한 공복감을 해소해주었다.

한 곡이 끝나자 박수 소리가 한 사람에서 네 사람으로 늘었다.

그제야 사람들도 하나둘 멈추어 섰다. 그 바람에 안 그래도 복잡한 통로가 더 혼잡해지고 말았다. 사람들은 인상을 구기고 성질을 냈다. 어떤 사람들은 욕을 하며 밀치기도 했다. 그러나 대부분은 차분하게 이 작은 감상회에 동참했다. 그들은 얌전히 서서 눈과 귀를 한곳에 오롯이 집중했다.

사람들은 문득 매일같이 바삐 옮기는 이 걸음이 한 번도 한 예술가의 영혼에 가닿지 못한 것에 부끄러움을 느꼈다. 그 금발의 음악가는 실력은 그저 그럴지 몰라도 진실한 눈빛을 가지고 있었기 때문이다.

그들은 그의 음악을 들으며 자신들이 오랫동안 잊고 지낸 무언가를 떠올렸다. 생활 때문에, 혹은 다른 여러 미적지근한 이유로 가슴 밑바닥에 묻어두었던 추억을 오랜만에 끄집어내며 생각지 못한 기쁨을 느꼈다.

그의 바이올린 소리가 점점 커졌다. 관객들도 늘어났다. 박수 치는 남자가 사라진 뒤에도 전염병처럼 박수가 이어졌다.

그날 악사의 케이스에는 제법 많은 돈이 들어왔다.

그는 악기 케이스를 어깨에 메고 막차에 올라탔다. 뱃가죽이 달라붙는 것 같았다. 아침부터 아무것도 먹지 못했다.

전철에는 제법 많은 사람이 타고 있었다. 고단하고 퉁명스러운 얼굴이 치열했던 그들의 하루를 말해주었다.

전철이 덜컹거리며 한강 다리를 지나기 시작했다. 언제나 그렇듯이 그는 왼편이 아닌 오른편을 향해 섰다. 왼편의 다리는 불빛이 휘황찬란했지만 오른편 다리는 빛이 하나도 없었다. 그는 불 켜진 다리보다 적막한 그곳 풍광을 더 좋아했다. 그게 더 진실해 보였기 때문이다.

예전에 그가 연주를 하면 사람들은 눈을 못 떼며 황홀해했다. 하지만 지금 그들은 조금도 감동하지 않았다. 그의 연주는 보잘것없었다. 그래도 그는 행복했다. 이제 그 연주는 다른 사람이 아닌 자기 자신을 기쁘게 했으니까.

박수 치는 남자가 나타나기 전까지만 해도 그는 이러한 생활에 만족했다. 만일 그러지 않았다면 진즉에 환승 통로를 떠나버렸을 것이다. 한 번도, 단 한 번도 누가 그를 위해 박수를 쳐준 적이 없었다. 바란 적도 없지만 그 달콤한 보답을 잊어버렸다.

남자가 박수를 쳤을 때 그는 슬픈 기쁨을 느꼈다. 그 소리는 자신의 연주가 아니라 끈질긴 삶의 선율에 보내는 박수처럼 느껴졌다.

수조 속에 든 여자

그 남자를 눈여겨보는 사람은 없다. 이 동네에 산 지 십 년이 넘었고 하루도 빠짐없이 이 근방을 산책하고 늘 같은 식당에서 저녁을 먹는데도 그를 기억하는 사람은 없다. 그래서 이런 일이 가능했다.

그는 일이 끝나면 곧장 집에 돌아와 산책을 했다. 그러던 어느 날 길가에 거대한 수조가 버려져 있는 걸 발견했다. 식당에서 물고기들을 잔뜩 가둬놓고 뜰채로 건져 올려 사람들의 피와 살로 보내는 수조였다. 물고기들은 보이지 않았다(그들은 어디로 갔을까? 바다로? 배 속으로?).

수조는 텅 비어 있었다. 그것은 투명해서 반대편에 있는 건물과 보도블록과 나무와 뒤엿뒤엿 넘어가는 늙은이들을 관통해 보여주었다. 누가 저기에 수조를 버렸을까. 그는 수조에 가까이 다가가 보았다. 유리가 몹시 두꺼웠다. 군데군데 때가 끼어 있었다. 전반적으로 상태가 괜찮았다.

누가 여기에 수조를 버렸을까. 그는 한 번 더 생각했다.

주변에 수조를 버렸음 직한 곳은 보이지 않았다. 그 말인즉슨 누군가 일부러 여기까지 끌고 와서 버린 것이다. 아니면 들고 가다 포기했거나. 거기엔 그럴싸한 수많은 가설이 있었다. 그걸 생각하는 건 무의미했다. 그것은 마치 누가 나를 이 세상에 내동댕이쳤을까 생각하는 것과 똑같았다.

그는 그 자리를 떠났다. 진짜 생각할 만한 일은 다음 날 일어났다.

수조는 여전히 거기 있었다. 그런데 다른 게 하나 있었다. 거대한 수조 안에 무언가 들어 있었다. 물고기? 아니다. 오징어? 아니다. 아리따운 여자였다.

여자는 수조에 등을 기대고 앉아 있었다. 왼쪽 다리는 올리고 오른쪽 다리는 곧게 뻗었는데 그러고도 공간이 남았다. 체구가 물개처럼 자그마했다. 유리에 이마를 붙이고 바깥을 보고 있었다. 분홍색 스웨터에 딱 붙는 검정 청바지를 입고 있었다. 단발머리에 입술이 얇고 붉었다. 인어는 아니었다.

그는 어릴 때 여동생 방에서 봤던 스노우볼을 떠올렸다. 투명하고 둥근 구 안에 흔들면 눈가루가 날리던 아름다운 물건. 마치 세상의 어떤 더러움도 비켜난 순수함처럼 단단하고 묵직한 유리알을 홀린 듯 쳐다보곤 했다. 수조 안에 든 그녀는 마치 스노우볼 같았다. 그녀의 몸짓은 기하학적이고 추상적으로 보였다.

그는 홀린 듯이 그녀에게 다가갔다. 그녀는 여전히 유리에 이마를 붙이고 있었다. 이마는 잘 익은 복숭아색이고 컴퍼스로 그린 듯 완벽한 원이었다. 그는 손가락으로 원을 따라 그려보고 싶은 충동을 느꼈다.

그녀는 수조에 갇힌 게 아니었다. 제 발로 들어간 것이다. 그녀의 들뜬 표정이 말해주었다. 그녀가 어떻게 수조에 들어갔는지 모르겠다. 수조는 성인 키보다 높았고 유리로 되어 있어서 그런지 조금 위험해 보였다.

그는 주위를 두리번거렸다. 노인 두 명이 잡초처럼 보도블록에 삐죽 솟아 있었다. 그들은 쌍둥이처럼 똑같이 생겼다. 늙은 사람의 얼굴은 어쩐지 다 비슷해 보인다. 그들도 수조 속에 든 여자를 보고 있었다. 놀란 기색은 전혀 없다. 수조에 사람이 들어간 걸 수없이 본 것처럼 태연했다. 그들이 겪은 일들, 예컨대 사기를 당하거나 병마와 싸우거나 대포로 사람을 밀거나 빚더미에 오르거나 사랑이 식거나 죽음의 몽타주를 그릴 수 있게 되는 것들에 비하면 수조에 들어간 사람을 보는 건 조금도 흥미롭지 않다는 태도다. 그들은 웬만한 일에는 놀라지 않는다.

그녀가 굽히고 있던 다리를 뻗고 다른 쪽 다리를 세웠다. 두 다리를 다 뻗진 않았다. 그녀는 괴상했고 요염했고 불안해 보였다. 모르긴 해도 삶은 그녀에게 밀어버려야 할 반가운 장애물처럼 보였다.

그가 수조에 왜 들어갔는지 물어보았다.

"이 수조는 새로운 가능성을 보여줘. 이 시대가 나아갈 방향에 대해서 말이야."

그녀가 말했다.

그는 넋을 잃고 그녀를 바라보았다. 가까이서 보니 훨씬 더 예뻤다. 마치 신이 싫증 나서 버린 장난감 같았다. 그래서 그녀는 수조 안으로 들어갔다.

"이 수조를 보자마자 맘모스가 떠올랐어. 맘모스가 뭔지 알지?"

"코끼리잖아."

"맘모스랑 코끼리는 달라. 맘모스는 죽었고 코끼리는 살아 있지."

"무슨 말인지 알겠어. 어쨌든 맘모스가 뭔지는 알아."

그가 중얼거렸다. 그녀의 말투는 묘하게 그를 기죽이는 데가 있었다.

그는 좀 더 서성거렸다. 늙은이들이 자세를 바꾸지 않고 그들을 보고 있었다. 기분 탓인지 몰라도 이미 죽은 사람들

같았다.

"그 수조 안에 있는 건 좋은 생각이 아닌 것 같아."

그가 말했다.

"어째서?"

"우선 여긴 대로변이고 그 수조는 사람이 들어가라고 만든 게 아니야."

"그리고?"

"그 수조는 몹시 좁고 위험해 보여."

"흥."

그녀가 콧방귀를 끼었다.

"들어와 보지도 않았잖아."

그는 대꾸하지 못했다. 그녀의 말이 맞다. 그는 수조에 들어가 본 적이 없다. 하지만 수조에 들어가는 게 흔한 일은 아니지 않은가? 만일 그녀가 수조에 들어가지 않았다면 그녀와 대화를 나눌 일은 없었을 것이다. 그게 수조에 들어가도 되는 이유는 아니지만 그렇게 생각하면 수조에 들어가는 일도 나쁜 것 같지 않았다.

"대체 거긴 어떻게 들어간 거야?"

그가 화제를 돌렸다.

"내 발로 들어왔지."

"누가 수조를 밀어서 넘어뜨리기라도 하면 어쩌려고 그

래?"

"그럼 한번 밀어보시든가."

그녀가 비웃었다.

"꿈쩍도 안 할걸."

그의 얼굴이 선물상자에 달린 리본처럼 붉어졌다.

"됐어."

"왜?"

"싫어. 안 해."

그가 한 발짝 뒤로 물러났다.

"언제까지 거기 있으려고?"

"모르지."

"점점 더 어두워질 거야."

"그래서?"

그녀가 눈을 깜빡거렸다.

"수조에 있는 거랑 시간은 관계없어."

"그야 그렇지."

"들어와 보지도 않고 말하지 마."

그녀가 비웃었다.

"수조 안이나 밖이나 다를 건 아무것도 없어. 중요한 건 어디에 있느냐가 아니라 무얼 보느냐야."

"그래서 뭘 봤는데?"

"널 봤지."

그녀가 말했다.

"넌 내가 본 사람 중 가장 특색 없는 인간이야."

"알아."

그가 조금 비위가 상해서 대답했다.

"난 어때 보여?"

그녀가 물었다.

"글쎄. 즐거워 보이네."

"내가 묻는 건 좀 다른 거야."

"그게 뭔데?"

"보기보다 훨씬 더 답답하네."

"넌 그냥 좀 튀고 싶어 하는 것 같은데. 특별해 보이려고."

그녀가 입을 벌리고 헤벌쭉 웃었다.

"이제야 말이 통하네. 어때? 한번 들어와 볼래?"

"난 안 들어가."

"왜?"

"그건 수조니까. 난 물고기가 아니야. 수조 같은 덴 안 들어가."

"수조나 엘리베이터나 다를 건 없어."

"난 너랑 달라."

"그야 당연하지. 하지만 수조는 전혀 다른 얘기야."

"모르겠어. 어쨌든 난 수조에는 안 들어가."

"그래? 그럼 어쩔 수 없지."

그녀가 머리를 뒤로 젖혔다. 짧은 단발머리가 까마귀 털로 만든 커튼처럼 흔들렸다.

"꺼져."

그녀가 말했다.

"거기 서서 구경하지 말고 꺼져버려, 이 병신아!"

그녀가 손바닥을 펼쳐 수조를 꽝 쳤다.

그는 도망쳤다.

*

그 어여쁜 인어는 수조 안에 있었다. 언제부터 들어가 있는 건지 몰라도 그가 볼 때마다 거기 있었다.

"좋아. 들어갈게."

사흘째 되던 날 그가 말했다.

"오늘 밤 자정에 여기로 와."

그녀가 칵테일새우처럼 몸을 둥글게 만 채로 말했다.

자정이 되자 그가 수조가 있는 곳으로 갔다. 여자가 먼저 와 기다리고 있었다.

수조 밖에 있으니 그녀는 전혀 달라 보였다. 훨씬 입체감이 있달까. 그녀는 굵은 실로 짠 스웨터와 딱 달라붙는 청바지를 입었다. 키는 160센티 정도로 아담했고 맵시 있는 다리를 가졌다. 그는 왜 인간의 몸이 뼈와 살로 되어 있는지 알 것 같았다. 만일 그렇지 않았다면 수조에 든 인간과 다를 바가 없을 것이다.

"준비됐어?"

그녀가 팔짱을 끼고 말했다.

그녀가 어떻게 하면 수조에 들어갈 수 있는지 가르쳐주었다. 생각보다 간단했다. 지지대와 유리 사이에 삼 센티 정도 튀어나온 부분이 있었다.

"거길 밟고 올라가면 돼."

그가 오른발을 올린 다음 왼쪽 다리를 수조 안에 밀어 넣었다. 수조가 약간 흔들렸지만 넘어지진 않았다. 그가 냅킨처럼 허리를 접었다. 나머지 다리도 안으로 집어넣었다.

수조 속은 안락했다. 안에서 볼 때와 달리 그렇게 비좁지도 않았다.

어릴 때 그는 커튼 뒤에 숨거나 화장대 아래 좁은 틈새 사이에 자주 들어가 있곤 했다. 그것은 일종의 놀이였다. 아이들은 좁고 폐쇄적인 공간에 들어가고 싶어 한다. 그것은 인간의 본능이었다. 정확하게는 자기 존재의 한계에 대한 질문이었다.

그가 어정쩡하게 앉았다. 유리 너머 어여쁜 그녀가 보였다. 그녀가 자길 보고 있다고 생각하니 구경 당하는 원숭이라도 된 것 같아 얼굴이 빨개졌다. 불쾌하지는 않았다.

"어때?"

그녀가 물었다.

"괜찮은데."

그가 유리를 만지며 말했다.

"이건 완전히 다른 차원이야."

정말 그랬다. 고개를 들자 별과 구름이 보였다. 좁은 수조 위로 우주가 걸려 있는 광경은 대단했다. 마치 아틀라스가 지구를 머리 위에 지고 있는 느낌이었다.

골목들, 건물들, 하늘과 나무와 달. 모든 것이 평소와 다르게 보였다. 세계는 이질적으로 그에게 다가왔다, 멀어졌다 했다. 수조는 때가 끼고 비린내가 났다. 그러나 일반적인 논리를 벗어난 공간이 주는 힘은 거대했다. 평소에 보던 것들이 좀 더 구체화되어 나타났던 것이다. 사방에 벽이 생기자 역설적으로 모든 게 아주 잘 보였다. 자신을 규정당한다는 건 얼마나 짜릿한 경험인가?

"네가 원하면 더한 걸 보여줄 수 있어."

그녀가 불쑥 말했다.

"여기서 더?"

"응, 너도 좋아할 거야."

그녀가 의미심장하게 말했다.

그녀가 허리를 굽혀 뭔가를 번쩍 들었다. 흰색으로 된 거대한 판이었다. 그전까지 그런 게 거기 있는 줄 몰랐다. 그것은 수조 옆면에 널빤지처럼 기대어 있었다. 그녀가 흰 판을 수조 위에 얹었다.

"뭐 하는 거야?"

그녀가 철컹 하고 자물쇠를 채웠다. 뚜껑을 덮어버린 것이다.

그녀가 소리높여 웃었다. 그리고 허리를 굽혀 그의 눈을 똑바로 쳐다보았다. 그녀의 눈은 설탕을 녹여 굳힌 갈색이었다.

"더 재미있는 걸 보여준다니까."

그녀가 심술궂은 표정을 지었다. 자신이 하는 짓이 뭔지도 모르고 메뚜기의 팔다리를 자르는 잔혹한 어린아이처럼.

그는 두려움을 느끼고 입을 다물었다. 단순히 수조에 갇혔다는 두려움이 아니다. 모래시계를 뒤집은 것처럼 모든 게 갑자기 변해버릴 것 같은 예감 때문이었다.

그녀가 갑자기 어디론가 사라졌다. 돌아왔을 때 손에 검은 비닐이 들려 있었다. 그녀가 비닐로 수조를 덮었다. 삽시간에 어두워졌다. 아무것도 보이지 않았다.

그녀는 처음부터 이걸 노리고 그를 불러낸 게 틀림없다. 그를 수조 안에 가두기 위해서. 하지만 왜? 도대체 무엇 때문에? 아무리 생각해도 짚이는 데가 없었다. 그는 잠자코 기다렸다. 시간이 지나면 꺼내주겠지 생각했다.

그녀는 그를 꺼내주지 않았다. 수조에 귀를 대보았지만 아무 소리도 들리지 않았다. 그녀는 그를 남겨두고 떠나버린 것이다.

그는 겁에 질려 주먹으로 벽을 치고 소리를 질렀다. 뚜껑은 꼼짝도 하지 않았다. 밖에서는 아무런 반응이 없었다. 어떻게 된 일인지 아무도 그를 도와주러 오지 않았다.

그는 완전히 혼자였다. 수조 안은 완벽하게 어둡고 고요했다. 찬 공기조차 그의 체온에 쓸려 날아가버렸다. 팔을 뻗으면 만져지는 딱딱한 벽만이 그가 '있다'고 증명해주었다. 그것만으로는 불충분했다. 오로지 그 자신만이 감각할 수 있는 것이었기 때문이다. 그는 일어설 수도, 누울 수도 없었다. 두 다리를 쭉 펼 수도 없었다.

그는 지쳐서 잠이 들었다.

*

날이 밝자마자 그녀는 사람을 시켜 수조를 자신의 집으로 가져갔다. 인부들은 수조 속에 사람이 든 줄은 모르고 그녀가 시키는 대로 고분고분 수조를 날랐다. 그들은 바퀴 달린 카트를 이용해서 수조를 손쉽게 집 안으로 날랐다.

그녀가 비닐을 벗겼다.

"웰컴!"

그녀는 혼자 살았다. 작은 주방이 딸린 화사하고 아담한 집이었다. 흰 소파 옆에 수조를 놓자 거실이 꽉 찼다. 그는 자기도 모르게 몸을 벌떡 일으켜 세웠다가 천장에 머리를 쾅 부딪쳤다. 정수리가 얼얼했다.

그녀가 스웨터를 벗었다. 그녀의 육체는 어린아이 같았다. 희고 가느다란 팔과 말라비틀어진 갈비뼈, 빈약한 가슴은 기근에 시달리는 대지 같았다. 그러나 그 몸은 따스한 온기를 머금고 머지않아 다양한 새싹과 꽃, 나무들을 키워낼 것이다.

"이건 별로 재밌지 않은데."

그가 정신을 차리고 말했다.

"어릴 때 금붕어를 키웠어."

그녀가 그의 말을 못 들은 척 말했다.

"하지만 얼마 못 가 죽어버렸어. 내가 밥을 너무 많이 줬거든. 금붕어들은 먹는 것밖에 몰랐어. 오로지 밥, 밥, 밥밖에 몰랐지. 그래서 배가 터져 죽은 거야. 멍청한 것들."

그녀가 수조 앞에 앉아 그를 뚫어지게 바라보았다. 그제야 모든 게 분명해졌다. 그녀는 그를 인간 금붕어로 키우려고 하는 것이다.

그녀는 혼자 살았고 이른 나이에 외로움을 느꼈다. 그녀는 금붕어 말고도 여러 동물을 키웠다. 개와 고양이, 새, 도마뱀, 하다못해 개미까지. 집 안을 어지럽히는 개와 고양이는 그녀의 성격과 맞지 않았다. 새는 날갯죽지에서 냄새가 났다. 도마뱀은 살아 있는 벌레 먹이는 일이 만만치 않았다. 온종일 땅굴만 파는 개미는 그녀의 혁명적 가치관과 맞지 않았다.

"미안하지만 난 금붕어보다 재미없는 사람이야."

그가 말했다.

"상관없어."

그녀가 말했다.

"사람은 어디 있느냐가 중요한 게 아니라 무얼 보느냐가 중요해. 이 유리를 좀 봐. 나는 세상에, 너는 수조에 있지. 중요한 건 우리 두 사람은 서로를 본다는 거야."

그녀가 깜찍하지만 위험한 미소를 지었다.

"널 처음 본 순간 한눈에 알아봤어. 너한텐 내가 딱이라는 걸. 너 하나쯤 없어져도 슬퍼하는 사람은 없을 거야."

그녀는 즉석에서 인부들에게 바퀴 달린 카트를 샀다. 그들은 그것을 놓고 갔다. 그녀는 손쉽게 수조를 어디든 끌고 다녔다. TV를 볼 때도, 잠을 잘 때도, 책을 읽을 때도 수조를 곁에 두었다. 수조가 투명해서 그도 TV를 볼 수 있었다. 그녀가 웃기는 장면을 보고 웃음을 터뜨렸다. 그는 웃지 않으려고 했다. 그런데 그 장면은 웃지 않고는 배길 수가 없었다. 그는 그녀랑 똑같이 배를 잡고 웃고는 자기 자신을 증오했다.

저녁이 되자 끔찍한 일이 벌어졌다. 그가 참지 못하고 오줌을 지린 것이다. 그의 바지는 흠뻑 젖어버렸다. 수조 안은 악취로 가득 찼다. 더 끔찍한 일은 이튿날 일어났다. 그녀가 성인용 기저귀를 사 온 것이다. 그는 자기 손으로 직접 기저귀를 찼다. 사람을 키우는 건 일도 아니었다. 특히 성인을 키우는 일은. 그녀는 자기 전에 기저귀를 수거해갔다.

그녀는 카페에 일을 구했다. 오후 두 시에 나가서 저녁 여덟 시에 돌아왔다. 그녀가 라디오를 틀어주고 침대 옆에 있던 잡지와 책을 집어 수조 속에 넣어주었다.

"내가 올 때까지 집 잘 지키고 있어."

그녀가 타이르듯 말했다.

문이 쾅 닫혔다.

그는 수조 밖으로 나오려고 안간힘을 썼지만 불가능했다. 수조를 넘어뜨려 유리를 깨부수는 것도 생각해보았다. 그건 차마 용기가 나지 않았다. 그건 좀 아플 것 같았다.

그는 할 수 없이 잡지를 펼쳤다. 거기에는 선택받은 자들의 이야기가 실려 있었다. 그가 살아본 적 없는, 앞으로도 살 가능성이 없는 삶에 대하여 왜 알아야만 하는가? 그러한 기사들은 종이 낭비이고 정치 기사보다 더 나쁘다. 마치 조금만 노력하면 그렇게 살 수 있는 것처럼 속이기 때문이다. 그는 잡지를 집어 던졌다. 그리고 소설책을 주워 들었다. 저런 쓰레기를 읽느니 소설책이 더 낫다. 소설은 존재하지 않는 완벽한 허구니까. 거기엔 인생의 교훈이라도 있다. 그러나 사람들은 거짓이라고 미리부터 밝히고 시작하는 거짓말은 은근히 무시하는 경향이 있다.

'수조에 사는 게 뭐 어때서?'

수조에 살거나 세상을 살거나 차이가 없다. 대체 뭐가 더 그를 기다리고 있단 말인가? 그 거대한 세상은 그와는 완전히 별개다. 세상을 바꾸는 사람들은 정해져 있다. 하다못해 그는 자기 인생도 바꾸지 못하지 않았는가?

그는 언제나 혼자였다. 도무지 이유는 모르지만 그런 재수 없는 인간도 있는 것이다. 그는 가끔 인생을 사는 이유가 뭔가를 기다리기 때문이라고 생각했는데 물론 그게 뭔지는 알지 못했다. 그런데 오늘 불현듯 어쩌면 이것이야말로 자신이 그토록 기다려온 일이 아닐까 하는 생각이 들었다. 어느 날 갑자기 그녀가 그의 눈앞에 떨어졌고(정확히 말하면 수조와 함께) 그의 삶은 백팔십도 바뀌었다. 비록 정상적인 방식은 아니지만 이해심을 십분 발휘하면 충분히 이해할 수 있는 일이다. 정말 이해가 안 되는 건 삶이었다. 사람들은 삶을 이해하지 못하기 때문에 끌려다니며 사는 것이다.

수조 밖을 나간다 한들 달라지는 건 아무것도 없다. 적어도 그의 경우에는 넓은 세상에 있으나 수조에 있으나 매한가지였다.

저녁이 되자 그녀가 돌아왔다. 그녀는 집을 나갈 때보다 두 배나 산뜻해진 마녀처럼 아름다웠다.

"너무 늦었지?"

그녀가 샤워를 마치고 잠옷으로 갈아입었다. 그녀가 가스레인지에 냄비를 올렸다.

"오늘 저녁은 스파게티야."

그녀가 말했다.

"뚜껑 좀 치워줘."

그가 말했다. 그가 기저귀를 집어 던졌다. 그것은 수조 벽면에 부딪혀 머리가 깨져 죽은 흰 비둘기처럼 힘없이 툭 떨어졌다.

"넌 사람을 제대로 봤어. 난 어디에도 안 가. 여기 있을 거야. 다만 부탁이 있어. 좀 씻게 해줘. 얼굴도 씻고 싶고 몸도 씻고 싶어. 벌써 일주일이 넘었어. 여긴 냄새가 나. 난 기저귀는 차고 싶지 않아. 네가 날 키우고 싶은 거라면 키워. 얼마든 키워. 하지만 몇 가지 사소한 요구사항은 좀 들어줘."

그녀가 그를 바라보았다. 일 초, 이 초, 삼 초…….

마침내 그녀가 다가왔다. 자물쇠가 열리고 뚜껑이 열렸다.

신선한 공기가 쏟아져 들어왔다. 그는 중요한 사실을 깨달았다. 물고기들에게 물이 필요하다면 인간에게는 창문이 꼭 필요하다는 것이다.

"씻거나 볼일을 볼 때만 나와. 그전엔 안 돼."

그의 주인이 말했다.

그녀의 애완동물은 약속을 잘 지켰다.

그녀는 뚜껑을 닫지 않았다. 다음 날 수조 안에 몸을 구기고 얌전히 잠든 그를 보고 아예 뚜껑을 치워버렸다. 일하러 나갈 때도 뚜껑을 닫지 않았다.

그것은 양쪽에 도움이 되었다. 수조 안은 쾌적했으며(그가 직접 청소했다) 그가 똥오줌으로 스트레스를 받을 일도 없었다.

그가 수조에서 배운 게 있다면 인간이 살아가는 데 먹고 사는 문제뿐만 아니라 누는 일도 그에 못지않게 중요하다는 것이다. 전보다 먹는 양은 줄어도 똥은 계속 나왔다.

그는 정말로 금붕어가 되었다. 인간 금붕어.

그는 온종일 수조 속에 있었다. 그녀가 주는 걸 받아먹고 말도 거의 하지 않았으며 몇 안 되는 진부한 동작으로 수조 안을 지켰다. 그는 더 이상 웃기는 TV 프로를 보고 웃지도 않았다. 그는 하루 종일 머리 위에 난 창밖으로 똑같은 풍경을 바라보았다. 매일 아침 세상이 밝아지고 어두워지듯 그 공간에도 낮과 밤이 있었다. 밤에는 전등이 켜졌고 때때로 그 불이 눈부셔 눈을 감았다. 아침에 일어난 그녀가 "안녕, 귀염둥이" 하고 인사하면 멍한 표정으로 쳐다보았다.

그의 머리는 텅 비어갔다.

*

어느 날 그녀가 친구들을 집으로 초대했다. 그녀는 그들이 오기 한 시간 전부터 요란법석을 떨었다. 청소기를 돌리고 세탁물을 안 보이는 데 쑤셔 넣고 서둘러 요리를 했다. 마지막으로 수조를 안방에 밀어 넣었다.

그들은 저녁을 먹고 맥주를 마셨다. 그녀가 음악을 틀자 음악 소리는 잘못 들어온 새처럼 혼비백산해 날아다녔다. 술이 떨어져 그녀가 찾으러 간 사이 빨간 안경을 쓴 여자가 화장실인 줄 알고 안방 문을 열었다 닫았다.

"이상한 걸 봤어."

빨간 안경이 소파에 앉으며 남자에게 속삭였다.

"저 방에 수조가 있어. 엄청 큰 수조야."

남자가 그녀가 가리키는 쪽을 보았다.

"물고기 키운다는 말은 못 들었는데?"

남자가 허리를 굽혀 빈 맥주캔을 내려놓고 다른 캔을 집어 들었다. 그것도 빈 캔이었다. 그가 다시 내려놓았다. 그리고 손깍지를 꼈다.

"물고기 같지는 않아."

빨간 안경이 말했다.

"무슨 소리야?"

"날 보고 있었어."

"물고기가?"

"아니, 물고기가 아니었어."

"그게 뭔 소리야."

남자가 짜증을 냈다.

"몰라. 암튼 일반적인 물고기는 아니었어. 엄청 컸거든."

"오호라."

남자가 건성으로 호응했다. 마침 집주인이 다가오는 걸 보고 남자가 소리쳤다.

"너 상어 키워?"

남자는 그녀의 손을 바라보았다. 양손 다 빈손이었다.

"술이 떨어졌어."

그녀가 팔짱을 꼈다.

"누가 사러 갔다 올래."

"너 상어 키우냐고!"

남자가 다시 한번 소리쳤다. 빨간 안경이 그의 옆구리를 팔꿈치로 쿡 찔렀다. 남자가 키득거렸다.

"무슨 말이야?"

"저기 수조가 있다는데."

남자가 빨간 안경을 쳐다보자 그녀가 얼굴을 붉혔다.

"아."

집주인이 무표정하게 말했다. 그리고 남자 옆에 다리를 가지런히 포개고 짧은 머리칼을 귀 옆에 꽂았다.

"뭔데 그래? 정말 상어라도 키우는 거야?"

남자가 호기심을 보였다.

"아니."

"그럼 뭔데?"

"별거 아냐."

"별거 아니긴."

남자가 큰소리로 웃었다. 그러나 아무도 웃지 않는 걸 보고 웃음을 뚝 그쳤다. 그것이 분위기를 무겁게 가라앉혔다. 그가 따분한 얼굴로 벌떡 일어났다.

"직접 보고 오면 되잖아."

남자가 방 안으로 성큼성큼 들어갔다. 두 여자는 얌전히 기다렸다. 남자는 한동안 방을 나오지 않았다. 잠시 후 남자가 방에서 나왔을 때 두 사람은 그 거대한 상체가 비틀거리는 것을 보았다. 그의 몸이 금방이라도 안경잡이 위로 쓰러질 것만 같았다.

"먼저 갈게."

그가 외투를 챙겨 밖으로 나갔다. 빨간 안경도 놓칠세라 허둥지둥 뒤따라 나갔다.

음악 소리만이 여전히 출구를 못 찾고 날아다녔다. 이제 음악은 지쳐서 발라드로 넘어갔다. 여자는 소파에 앉은 채 꼼짝도 하지 않았다.

잠시 후 그녀가 방 안으로 들어갔다. 어둠 속에 수조가 있었다. 그 안에 남자가 깊은 바닷속을 헤매는 심해어처럼 웅크리고 앉아 있었다.

그녀가 천천히 다가가 수조 앞에 무릎을 꿇고 앉았다. 남자도 고개를 들었다.

두 사람은 오래도록 서로를 쳐다보았다.

*

그는 자기가 얼마나 오래 수조 안에 있었는지 생각해보았다. 일주일? 한 달? 일 년? 수조에서는 시간도 의미 없다. 뱃속으로 들어간 물고기처럼 시간도 그녀의 뱃속으로 들어가 버렸다. 수조에 들어간 물고기를 기다리는 건 오로지 죽음뿐이다.

그는 그녀가 발끝을 들고 걸어 다니고 요리를 하고 잠꼬대를 하고 짜증을 내고 콧노래를 부르는 모습을 보았다. 한 인간이 혼자 있을 때 모습은 꿈속에서와 비슷하다. 어떠한 연관성도 의미도 없는 일들이 구름처럼 흩어졌다가 뭉쳐진다.

그녀는 예전처럼 그에게 주의를 기울이지 않았다. 수조 앞에 앉아 개똥철학을 읊어대지도 않았다. 어떤 때 보면 그가 있는지조차 모르는 것 같았다. 그래도 하루에 한 번은 음식을 꼬박꼬박 챙겨주었다. 그는 식욕이 별로 없어서 많이 먹지 않았다. 그녀는 그가 얼마 먹지 않은 걸 보고 양을 더 줄였다. 그런데도 그가 남기자 화를 냈다. 그는 정말로 배고프지 않았다. 그는 금붕어가 아니었다. 그는 인간이었다. 그에게는 먹는 것보다 더 중요한 게 있었다. 오직 그것만 원하느라 입맛을 잃어버린 것이다.

새벽에 그녀가 잠이 들면 그는 수조 밖으로 나왔다. 어느덧 요령이 생겨서 아무런 소리도 내지 않고 들어갔다 나왔다 할 수 있었다. 뱀이나 달팽이처럼, 발이 열 개 넘게 달린 고단한 절지동물처럼.

그는 그녀의 머리맡에 앉아 그녀를 지켜보았다. 그녀는 한 번 잠이 들면 결코 깨는 법이 없었다. 꿈에서 물장구라도 치는지 눈꺼풀만 이따금 움찔움찔했다. 그는 손을 뻗었다가 살며시 거두었다. 만지려고 했다면 얼마든지 그녀를 만질 수도 있었을 것이다. 그런데도 웬일인지 용기가 나지 않았다. 생각해보면 이토록 가까이 있으면서도 처음부터 지금까지 두 존재는 맞닿아본 적이 없다. 그 사실이 늘 눈앞에서 그를 포기하게 만들었다.

그는 침대에 자신의 볼을 갖다 댔다. 그의 무게가 만든 오목하고 푹신한 느낌만으로 만족했다.

동이 트자 그는 수조 안으로 들어갔다. 그녀는 아무것도 모르고 눈을 떴다. 그를 힐끔 본 뒤 일하러 갈 채비를 했다. 간밤에 푹 잤는지 기분이 좋아 보였다. 그녀가 문밖을 나서면 그는 애벌레처럼 몸을 말고 잠이 들었다.

어느 날 그녀는 그가 밤마다 수조에서 나와 자신을 보는 걸 알아차렸다. 그녀는 그가 자기 옆에 엎드려 있는 걸 보았고 모든 걸 이해했다. 모든 걸.

"이젠 너랑은 같이 못 있겠다."

그녀가 일하러 가기 전 그에게 말했다. 그는 왜냐고 묻지 않았다. 수조에 살기로 결심한 이래 그녀에게 어떠한 질문도 한 적이 없다. 그래야만 수조에 살 수 있으니까. 의문을 품기 시작하면 더 이상 전과 똑같아질 수 없다.

"다녀올게."

그녀가 나갔다.

집 안은 고요했다. 언제부턴가 그녀는 TV나 라디오를 켜지 않았다. 책이나 잡지도 넣어주지 않았다. 그가 흥미 없어

하는 걸 알아차렸기 때문이다. 그 대신 뚜껑을 열었다.

그녀는 자신이 없는 동안 그가 무얼 하는지 몰랐다. 그가 도망치지만 않는다면 그가 무얼 하든 상관없었다. 그러나 그녀가 없을 때 그는 수조 안에 있었다. 그녀와 함께 있을 때 비로소 밖으로 나왔다.

그는 그녀가 왜 자기에게 싫증이 났는지 알지 못했다. 어떤 고독은 선택적이기도 하다는 걸 이해하지 못했다.

"더 재미있는 걸 보여준다니까."

그 고약한 여자는 피날레를 향해가고 있었다.

그는 만일 그녀가 자길 버린다면 그다음엔 무얼 키울지 궁금해졌다.

그날 밤 그는 수조 밖을 나오지 않았다. 뜬눈으로 날을 지새웠다. 밤은 길고 고독했다. 그는 두려움에 떨었다.

*

그녀는 수조를 검은 비닐로 덮은 다음 인부들을 불렀다. 인부들은 수조를 원래 있던 자리로 가져다 놓았다. 이렇게 큰 폐기물을 길거리에 버리는 게 맞는지 의심스러웠지만 자신들의 알 바가 아니라고 생각해 군말 없이 했다.

밤이 되자 그녀가 수조로 왔다. 수조는 멀리서도 눈에 띄었다. 검은 비닐로 덮어놓으니 거대한 범선 같기도 하고 유령의 그림자처럼 보이기도 했다.

비닐을 벗기자 남자가 있었다. 퀭한 눈으로 그녀를 쳐다보고 있었다.

"잘 있어."

그녀가 길고 탐스러운 다리로 뛰어갔다. 그는 수조에 등을 기댄 채 그 모습을 물끄러미 바라보았다.

하늘을 올려다보자 달이 떠 있었다. 달을 본 게 얼마 만인가. 그런데도 그는 시큰둥했다. 언제나 거기 있는 것들은 감동을 주지 않는다.

그는 거리를 둘러보았다. 놀라울 정도로 똑같았다. 분명 처음 수조에 들어갔을 때는 특별하게 보였었는데 이제는 아무런 느낌도, 감흥도 없었다.

그는 노인 둘이 보도 위에 앉아 있는 것을 보았다. 처음 그녀를 만난 날도 거기 있었다. 그들은 쌍둥이처럼 똑같이 생겼다. 아마 인생도 그러했을 것이다. 그들도 어떤 의미에서는 수조에 들어가 있었다. 다만 자기가 수조 안에 들어가 있는지 모를 뿐이었다.

한 여자가 지나가다 말고 수조를 발견했다. 그녀는 다 큰 남자가 수조 안에 있는 걸 보고 기겁을 했다. 그러나 자세히 보니 남자는 얌전했다. 해골처럼 말랐고 몹시 아파 보였다.

무엇보다 수조 안에 있었으므로 그녀는 처음보다 두려움을 덜 느끼고 수조에 다가갔다. 그 순간 남자가 고개를 들었다. 여자는 그 쓸쓸하고 절망적인 눈빛에 놀라 황급히 달아났다.

그는 밤새 수조 안에 있었다. 그러다 깜빡 잠이 들었다.

아침에 누군가 수조를 두드렸다. 턱이 뾰족하고 코털이 삐져나온 남자가 그를 노려보고 있었다. 그가 나오라고 고함을 쳤다.

"어서요!"

그가 뱀처럼 흐물거리며 나왔다. 남자가 어디론가 전화를 걸었다.

그의 몰골이 너무 흉측해서 구청 직원은 젊은 놈이 벌써부터 노숙이나 한다고 생각했다. 얼마나 잘 데가 없으면 수조에서 자나.

구청 직원은 수조가 그의 집이란 걸 몰랐다. 거기 그의 인생 한 줌이 헤엄치고 있었으며 그의 존재가 비로소 깊이를 갖게 되었다는 걸 몰랐다. 누구도 수조 속에 살아본 경험은 없으니까. 그것은 정말 특별한 경험이다. 그것만큼은 의심의 여지가 없다.

잠시 후 트럭 한 대가 왔고 두 명의 건장한 사내가 내렸다. 평범한 인생 두 개가 그 두 개를 합쳐도 훨씬 위대한 수조를 수거해갔다.

그는 담벼락 앞에 쪼그리고 앉아 수조가 멀어져가는 모습을 바라보았다.

그는 믿을 수 없었고 다시 생각해봐도 역시나 믿을 수 없었다. 예전에 했던 짓거리들, 예를 들면 아침에 눈을 뜨면 일하러 가고 때가 되면 식사를 하고 저녁에는 산책을 하고 TV를 보고 공과금을 내고 주말에는 뭘 할까 생각하고 영문도 모르고 뭔가를 기다리는 삶. 그 짓을 다시 반복해야 한다니 도저히 믿을 수가 없었다.

그는 집에 가지 않았다. 집에 가는 길을 잊어버린 건 아니다.

어제까지만 해도 그를 눈여겨봤던 사람들은 그에게 눈길조차 주지 않았다. 그가 수조 안에 있지 않았으므로. 그 특별했던 인생은 수조에서 나온 즉시 죽었다.

그는 그녀를 떠올렸다. 그의 인생 전체를 수조 안에 송두리째 가두었던 그녀를. 머리는 좀 아파도 아름답고 특별했던 그녀를.

그녀가 보고 싶었다. 그러나 그녀가 어디에 있는지 알지 못했다. 그녀의 집에 가거나 올 때 언제나 검은 비닐이 덮여 있었기 때문이다.

그는 그녀가 가진 세상 전체를 보았지만 그 세상으로 들어가는 길은 알지 못했다.

그는 밤늦도록 수조가 사라진 거리를 바라보았다.

진실의 끄트머리에서
우리가 보게 되는 것

제1부 무명의 여자, 무명작가의 책

1

어젯밤에도 그는 벤치에 앉아 있는 여자를 보았다. 여자는 따사로운 달빛 속에서 책을 읽고 있었다. 그녀는 언제나 거기 앉아 책을 읽었다. 그는 그녀에게 말을 걸 기회만 노리고 있었는데 나중에는 포기해버렸다. 그녀의 시간을 방해하고 싶지 않았기 때문이다.

어젯밤에도 그녀는 같은 자리에 앉아 책을 읽었다. 그녀가 일어나 떠났을 때 벤치에 책이 있는 걸 발견했다. 얼른 돌려주려고 했지만 이미 그녀는 자취를 감춘 뒤였다.

그는 책을 펼쳐보았다. 그것은 소설책으로 그가 한 번도 들어본 적 없는 이름을 가진 작가의 책이었다.

그녀는 허리까지 내려오는 긴 머리를 오른쪽 가슴 앞에 모으고 비뚜름한 고개를 하고서 책장을 넘겼다. 가까이서 보진 않았어도 두 눈이 활자를 부드럽게 더듬는 걸 알 수 있었다.

그녀가 다시 올지도 모른다는 생각에 그는 거기 앉아 한 시간을 더 기다렸다. 여자는 나타나지 않았다. 그는 책을 펼쳐보았다. 그녀의 손때가 묻은 책. 그러나 그녀의 인생에 대한 아무런 단서도 보이지 않는 책. 그는 그녀에 대해 아는 것이 아무것도 없다.

바로 그때 무언가 강렬한 예감이 그를 훑고 지나갔다. 그녀가 일부러 나를 위해 책을 두고 간 건 아닐까? 이것은 내게 보내는 일종의 사인이 아닐까? 그렇지 않다면 읽던 책을 내려놓고 가는 일이 있을 수 있을까? 그의 심장이 쿵쾅거렸다.

그는 책을 들고 집으로 돌아왔다. 어떻게든 그녀에게 책을 돌려줘야겠다고 생각했다. 이름도, 연락처도 모르지만 이 책만 있다면 언제고 그녀를 만날 수 있을 거란 생각이 들었다. 단, 그 책을 잃어버리지 않는다는 전제하에.

다음 날 그는 떨리는 마음으로 연못가로 갔다. 그녀가 항상 앉아 있던 벤치. 그녀는 보이지 않았다. 이틀, 사흘, 일주일이 지나도 마찬가지였다.

그는 벤치에 앉아 그녀가 남기고 간 책을 읽었다. 책 읽는 일이 익숙하지 않아서 시간이 조금 걸렸다. 책을 다 읽을 때까지도 그녀는 나타나지 않았다.

그는 낮이고 밤이고 그 책을 읽었다. 읽다 보니 점차 속도가 붙었다. 그는 그 책을 수도 없이 읽었다. 그것은 매우 아름다운 이야기였다.

그는 그 책을 사려고 서점에 가보았다. 서점에선 팔지 않았다. 인터넷으로 저자를 검색하자 아무런 정보가 나오지 않았다. 저자 소개란은 비어 있었다. 그제야 그 책이 일반적인 책이 아니란 걸 깨달았다. 책 하단에 출판사명이 없었다. 그것은 누군가 인쇄소에 맡겨 제본한 것이었다.

그 사실이 불안과 희망을 주었다. 그 책이 흔하지 않다는 건 그녀를 찾을 수 있는 희망이었다. 그러나 만일 그 책에 대해 아무것도 알아내지 못한다면 영원히 그녀를 잃어버릴 것만 같았다. 그의 마음이 초조해졌다. 그 책을 쓴 무명작가가 궁금했다. 그리고 그 책을 갖고 있던 그녀에 대해 알고 싶었다. 두 사람 사이에 무슨 관계가 있는 것일까? 그녀가 그 책을 남기고 간 것과 그녀가 나타나지 않는 것에는 무슨 관계가 있을까?

처음에는 그녀가 그 책을 두고 간 이유가 자기 때문이라고 생각했다. 그러나 이제는 그녀가 다른 어떤 중요한 목적을 위해 그 책을 남기고 사라진 것만 같았다. 그는 그것이 무엇일까 생각했다. 아무리 생각해도 짚이는 데가 없었다.

그는 저녁이 되면 책을 들고 벤치에 앉아 그녀를 기다렸다. 여름의 끄트머리에서 개구리들이 극성스럽게 울어댔다. 개구리들은 잠도 자지 않았다. 그녀는 오지 않았다.

2

그곳은 커다란 연못가였다. 주변이 탁 트이고 울창한 나무가 우거져 있어 조깅을 하거나 산책하는 사람들이 주로 찾아왔다. 그는 저녁이 되면 못가로 나와 산책을 했다. 바람에 섞인 비릿한 공기는 그가 좋아하는 것이었다. 그것은 밤이 되면 더욱 짙은 냄새를 풍겼다. 다른 데서는 맡기 힘든 냄새가 먼 외곽으로 나온 느낌이 들게 했다.

어느 날 조깅하던 여자가 그의 옆에 앉았다. 그녀가 그에게 무슨 책이냐고 물었다.

“혹시 이 책을 아세요?”

그가 책 표지를 보여주었다.

“아뇨.”

두 사람은 좀 더 이야기를 나누었다. 그녀는 독서에 관심이 없었다. 그런데도 책 제목을 물어본 건 낯선 남자에게 말을 걸 좋은 구실이 되었기 때문이다. 그녀는 매력적인 여자였다. 그러나 거기까지였다. 그녀는 그가 어떤 여자를 기다리느라 그 책을 읽고 있다는 걸 알고 흥미를 잃어버렸다. 그녀가 다시 조깅을 하러 일어났다.

때로는 그 책이 정말 궁금해서 물어보는 사람들도 있었다. 책을 잘 안 읽는 사람들도 책이 좋다는 건 알고 있기 때문이다. 그는 일말의 기대를 품고 책을 보여주었다. 누군가 그 책을 아는 사람이 있기를 희망하면서. 그러나 아무도 그 책을 몰랐다. 저자의 이름을 듣고 그들은 눈살을 찌푸리며 말했다.

"처음 들어봐요."

그는 실망했다. 동시에 그 책이 세상에 한 권밖에 없다고 더욱더 확신하게 되었다.

하루는 한 남자가 그 책을 빌려줄 수 있겠느냐고 물었다.

"저도 매일 여기 산책하러 나오니 내일 돌려드릴게요."

그가 망설이다 책을 빌려주었다. 그리 신뢰감 없어 보이는 타입은 아니었다. 처음으로 책에 적극적인 관심을 표현하는 남자에게 영문 모를 친밀감과 호기심도 있었다. 남자가 그에게 자신의 명함을 건네주었다. 〈사립탐정 ×××〉라고 적혀 있었다.

다음 날 저녁 그는 언제나처럼 못가로 나왔다. 한 시간 후에 남자가 나타났다.

"잘 읽었습니다." 남자가 책을 돌려주었다. 아주 밝은 표정이었다.

그가 어땠냐고 묻자 훌륭한 책이라고 말했다.

"부탁이 있어요. 이 책을 저한테 파시겠어요?"

"그게 무슨 말씀이신지?"

"이 책을 다른 데서 구할 수 없다고 하셨죠? 그래서 제가 살까 하는데요."

그가 고개를 가로저었다.

"그건 어려울 것 같네요. 이건 제 책이 아니에요."

"그럼 누구 책인데요?"

"어떤 여자분 책이에요. 제가 매일 여기 오는 것도 이 책의 주인을 찾기 위해서예요. 그녀가 이 책을 바로 이 자리에 놓고 갔지요."

"신기한 일이네요."

남자가 말했다.

"뭐가요?"

"보통은 정말 소중한 책이라면 다시 찾으러 오지 않나요? 저는 그분이 이 책을 일부러 버리고 갔다는 생각이 드네요."

"버리다니요?"

"되찾고 싶지 않다는 뜻이에요."

남자가 말했다. 그는 약간 실망스러웠다. 자기도 그런 생각을 하지 않은 건 아니다. 그러나 만일 남자의 말대로 일부러 버리고 간 거라면 못가에 두 번 다시 오지 않는 이유는 무엇인가?

남자가 그에게 한 번 더 책을 팔라고 졸랐다.

그가 거절했다.

그날 이후 남자는 매일같이 나타나 그에게 책을 팔라고 애원했다. 처음에는 정중하게 거절했지만 매일같이 집요하게 조르자 성가시다 못해 무섭게 느껴졌다. 남자가 왜 이토록 책을 사려고 안달하는지 알 수가 없었다. 그 책이 분명 좋은 책이긴 하지만 매일같이 찾아와 그를 귀찮게 할 만큼은 아니라고 생각했기 때문이다.

남자는 정말로 어마어마한 액수를 치러서라도 그 책을 갖고 싶어 하는 것처럼 보였다. 남자는 그가 거기 나타나는 목적이 책의 주인을 찾기 위해서라는 걸 알고 있었다. 그래서 그가 다른 데로 자리를 옮길 수 없다는 것도 알고 있었다. 이제 벤치는 한 사람이 아닌 두 사람의 것이 되었다. 그는 불편하고 짜증스러웠다. 이 지경이 되자 솔직하게 말하는 수밖에 없었다. 사실은 책을 돌려주려는 게 진짜 목적이 아니라 그녀를 만나기 위해서라는 것을.

남자는 말없이 그의 말을 들었다. 그의 말이 끝나자 얼굴에 미소가 번졌다.

"그러시군요. 제가 그녀를 만나게 해드리지요. 대신 조건이 있어요. 그 책을 저한테 파세요."

3

그는 남자에게 책을 주었다. 그가 정말 원하는 것은 그녀이지, 책이 아니기 때문이다. 책은 그저 핑계일 뿐이다. 그는 남자가 준 명함에 적힌 '사립탐정'이란 글자를 떠올렸다. 남자는 탐정이었다. 사람도 찾고 빌려준 돈도 찾아주고 세상의 모든 비밀을 찾아주는 사람.

남자는 그녀를 꼭 찾아주겠다고 했다. 단, 그 책을 자신에게 넘기는 조건과 함께.

이상하지 않은가? 책 한 권만 남기고 사라진 여인과 그 책의 주인을 찾기 원하는 남자, 그리고 그 책을 가지고 싶어 하는 남자. 그 기묘한 삼각 구도 속에서 그는 이 책이 뭔가 중요한 역할을 하고 있다는 느낌을 받았다. 그는 책을 다시 한번 내려다보았다. 남자가 왜 그토록 책에 집착하는지 이해되지도 않았지만 상황이 이런 식으로 흘러가자 남자가 책을 원하는 데는 그럴 만한 이유가 있을지도 모른다고 생각했다.

그는 자신이 계속 책을 들고 있기보다는 남자에게 넘기는 게 나을 수도 있겠다고 생각했다.

그가 책을 주자 남자는 몹시 기뻐했다. 그리고 꼭 그녀를 만나게 해주겠다고 말했다.

"곧 연락 드리지요."

남자가 사라졌다.

그날 밤 그는 자신의 결정을 후회했다. 남자가 했던 말이 단지 책을 갖기 위한 허황된 수작에 지나지 않았다는 생각이 들었다. 어떻게 남자가 그녀를 찾아주겠다는 건가? 남자는 그녀가 어떻게 생겼는지도 모른다. 게다가 그 책에는 여자를 추정할 만한 아무런 단서가 없다. 그것은 완벽한 '무명작가'의 책이므로 사립탐정이라고 해도 별 뾰족한 수는 없을 것이다.

그는 자신이 실수했다는 걸 깨달았다. 무슨 일이 있어도 그 책을 남자에게 넘겨서는 안 되었다. 처음 책을 발견했던 순간부터 굳게 다짐했던 것인데, 그 결심이 어떻게 이토록 쉽게 무너져버렸는지 자신에게 몹시 실망스러웠다. 그 책이 없는 지금 더 이상 그녀와 자기를 이어주는 연결고리가 없기 때문이다. 정확하게 말하면 있긴 하지만 그것은 어딘가 의뭉스럽고 집요한 구석이 있는 사립탐정일 뿐이었다.

다음 날 오후에 그는 사립탐정에게 전화를 걸었다. 상대는 받지 않았다.

그날 저녁 그는 연못가에 갔다. 그것은 그의 중요한 일과 중 하나였다. 이제 못가에 나오지 않으면 어색한 기분이 들었다. 언제나처럼 산책을 나온 사람들이 보였다. 그들은 편안해 보였고 그 이유는 그러려고 이곳에 왔기 때문이다. 그 곁과 연못가는 평화로웠고 한적했다. 이 넓은 도시에 그러한 공간들은 하나 정도는 반드시 있기 마련이다.

그는 늦게까지 기다렸다. 사립탐정은 나타나지 않았다. 책을 손에 넣었으니까. 그 사실이 갑자기 그를 몹시 화나게 했다.

그전까지 그는 그 책이 자신에게 그토록 큰 의미가 있는지 몰랐다. 왜냐하면 책이 없는 지금 그는 그녀를 만나고자 하는 의욕까지 같이 사라져버렸기 때문이다.

그는 더 이상 못가에 가지 않았다(그저 산책을 위해서 못가에 가는 일조차 하지 않게 된 건 이상한 일이긴 했다).

그는 자연스럽게 그녀를 잊게 되었다. 책도, 사립탐정도 마찬가지다. 명함은 진즉에 잃어버렸다.

제2부 가장 절망적인 순간 타오르는 삶의 의욕

1

그녀는 몇 달째 남자가 자신을 지켜보는 걸 알고 있었다. 그녀가 못가에 앉아 있으면 그는 거기서 겨우 한 칸 떨어진 벤치에 앉아 그녀가 떠날 때까지 머무르곤 했다.

한번은 그와 눈이 마주쳤는데 놀라서 얼른 고개를 돌렸다. 그때 자연스럽게 말을 걸었더라면 좋았을걸. 그녀는 후회했다.

이 감정이 사랑일까? 확신이 없었다. 연못가에 도착하면 그녀는 책을 꺼내 읽었다. 그래야 오랫동안 남자와 함께할 수 있으니까.

그녀는 그 책을 오래전에 샀다. 길가에 있는 어떤 여자에게서 샀는데 자신이 쓴 책이라고 했다. 그녀는 몹시 궁핍해 보였다. 또 외로워 보였다. 그녀는 그런 사람들에게 관심이 있었다. 그 여자가 어떤 책을 썼는지 궁금했다. 사람들은 그런 사람들이 쓴 책을 별로 궁금해하지 않는다. 그들은 책이란 게 아주 거창한 것이며 배운 게 많고 적어도 겉보기에 훌륭한 사람들이 쓰는 거라고 생각한다. 그녀도 그런 작가들의 책을 사서 읽었다. 선택의 여지가 없었으니까.

그 여자도 사람들이 자신의 책에 흥미가 없는 걸 애석해하는 눈치는 아니었다. 책이 되었든 무엇이 되었든 그것을 필요로 하는 사람들만이 대가를 치르게 되어 있다. 자신의 행색이 초라한 게 선택의 공정성을 해친다면 그건 좀 안타까운 일이지만 그것 역시 받아들여야 할 무엇이라고 생각했다. 그럴수록 자신의 책을 사는 사람이 있다면 자신에게나 상대에게나 더 보람 있지 않을까…….

그렇기에 그녀가 책 한 권을 달라고 했을 때 여자는 몹시 기뻐했다. 여자는 책을 갈색 종이봉투에 소중히 담아 건넸다. 그것은 여자가 그 책을 쓰기 위해 했던 고뇌와 상상, 희망, 인내, 이런 것들을 말해주었다. 그래서 그녀는 한 사람이 인생에서 추구하는 가장 아름다운 업적을 산 것 같은 기분이 들었다. 오히려 기뻐해야 할 사람은 여자가 아니라 그녀였다.

그녀는 못가에서 그 책을 꺼내 읽었다. 못가가 집 근처라 평소에도 자주 갔다. 그녀는 손가락으로 천천히 문장을 따라가 보았다. 그 책은 단숨에 그녀의 마음을 사로잡았다.

그녀는 가장 개인적인 것이 가장 창의적인 것이라던 한 미국 영화감독의 말을 떠올렸다. 사람은 누구나 자기만의 이야기를 가지고 있으며 보통의 사람들이 그것을 인생으로 증명해 보인다면 그 남루한 여자는 한 권의 책으로 보여주었다.

그녀가 책장을 덮었을 때 남자가 거기 있었다. 그때부터였다. 그녀는 남자를 눈여겨보기 시작했다. 그녀가 책을 읽고 있으면 남자는 멀찍이 떨어져 둥근 연못을 바라보았다.

그녀는 책을 일부러 벤치에 놓고 갔다. 남자를 처음 만난 날 읽었던 바로 그 책. 그녀는 그 책을 늘 가방에 넣고 다녔다. 그것은 의미 있는 책이었다. 책을 놓고 가면서 그가 눈치채지 못하면 어떡하나 걱정되었다. 물론 그럴 리 없다. 왜냐하면 그는 언제나 그녀를 주의 깊게 보고 있었기 때문이다.

그녀는 연못가를 얼른 빠져나갔다. 그러면서도 내심 자신의 등 뒤에서 벌어질 일에 촉각을 세웠다. 자신을 부르는 목소리는 들리지 않았다. 그녀를 좇아오는 사람도 없었다. 아마 조금 늦게 그 책을 발견했나 보다고 그녀는 대수롭지 않게 생각했다.

그러나 연못가를 거의 빠져나갔을 즈음 불안감이 엄습해왔다. 만일 그가 책을 발견하지 못했다면? 사실은 그가 관심을 가진 대상이 그녀가 아니라 책이라면? 그녀에게 호감을 느낀 게 전혀 아니라면?

책을 놓고 간 건 충동적인 행동이었다. 그렇지 않으면 둘 중 한 사람이 용기 낼 일이 영영 없을 것만 같았으니까. 그게 과연 잘한 일일까? 책을 잃어버리는 건 괜찮지만 사랑에 대한 확신을 잃어버리는 건 견딜 수 없는 일이었다. 연못가에 가서 그 남자를 만나는 것이 하루 중 그녀를 기쁘게 하는 유일한 일이었기 때문이다.

그녀는 다시 돌아갈까 하다가 관두었다. 어차피 내일이면 모든 걸 알게 될 것이다.

다음 날 저녁 그녀는 연못가에 가지 못했다. 가는 길에 트럭 한 대가 어둠 속에서 그녀를 덮쳤다. 그녀는 정신을 잃었다.

2

사랑보다 잃어서는 안 되는 게 있다는 걸 그녀는 미처 몰랐다. 그녀의 길고 아름다운 다리.

그녀는 일주일 넘게 혼수상태에 빠졌다. 병원에서는 그녀의 다리를 절단했다. 그녀가 눈을 떴을 때는 이미 수술이 끝난 뒤였다. 의사는 한쪽 다리만 잘라내서 다행이라고 말했지만 그게 과연 다행스러운 일인지 그녀는 의문스러웠다.

그녀는 오랫동안 병원에 입원해 있었다. 그전까지 병원이라곤 치과나 동네 병원에 가본 게 전부였다. 매일 병실에 갇혀 많은 사람과 같은 옷을 입고, 같은 음식을 먹고, 똑같이 생긴 침대에서 잠드는 일은 끔찍했다. 감옥이나 수용소도 아마 비슷할 것이다. 거기 있는 동안은 다른 누구도 아닌 자기 자신과 싸워야만 하니까.

그녀를 담당한 간호사는 그녀와 동갑으로 활달한 여자였다. 그러나 겉보기에만 그럴 뿐 간호사 역시 삶을 낙관적으로 보지 못했다. 그녀는 인생이 지루했고 아픈 사람들을 매일 보다 보니 허무한 생각이 들었다. 사람들은 가장 절망적인 순간 그 어느 때보다 열렬하게 삶의 의욕이 불탔던 것이다. 그 모습은 좀 비겁해 보였다.

두 사람은 동갑이라 금방 친해졌다. 간호사는 그녀가 병실 생활을 갑갑해하는 걸 알고 휠체어에 태워 산책을 시켜주었다. 그날도 두 사람은 산책을 나갔다. 간호사는 며칠 전부터 그녀가 깊은 고민에 빠져 있는 걸 알았다. 간호사가 무슨 일이냐고 물었다.

그녀는 슬픈 눈으로 자신의 다리를 바라보았다. 정확히 말하면 지금은 없어진 과거를 바라보았다. 정신을 차리고 나서부터 지금까지 한시도 남자를 잊어본 적이 없었다. 어떻게 잊겠는가? 다리를 볼 때마다 남자 생각이 났다.

그녀는 간호사에게 자신의 이야기를 들려주었다.

“혹시 그가 거기 있는지 봐줄 수 있어?”

그녀가 말했다.

“그가 거기 있는지 알고 싶어.”

간호사는 당황했다. 그것은 사랑에 빠진 어리석은 여자의 이야기였다. 대화도 한번 나누어본 적 없는 남자 때문에 다리 불구가 되다니. 그녀가 사랑에 빠지지 않았더라면 그런 일은 일어나지 않았을 것이다.

“알겠어.”

간호사가 대답했다. 차마 그녀의 부탁을 거절하기 어렵기도 했고 그녀의 얘기를 듣고 나니 정말 그 남자가 있는지 확인하고 싶은 마음도 있었다. 솔직히 말하면 그 한심하기 짝이 없는 기대를 꺾어주고 싶었다.

그 주 비번이 돌아오는 대로 간호사는 연못가로 갔다.

그녀가 늘 앉았다는 벤치의 위치를 대략 듣긴 했지만 생각보다 드넓은 부지를 보니 어디가 어딘지 판단이 서질 않았다. 그래서 무작정 크고 둥근 쟁반 같은 호수 옆을 천천히 거닐었다. 그 도시에 살면서 연못가에 온 건 처음이었다. 이름 모를 커다란 나무들이 빽빽하게 담장처럼 둘러싸고 있어 깊은 숲속에 들어온 듯 아늑한 기분이 들었다.

그녀는 혼자 온 남자들을 유심히 살펴보았다. 조깅하는 남자들 빼고는 혼자인 남자들이 별로 없어 그를 찾기란 어렵지 않았다.

그는 벤치에 앉아 책을 읽고 있었다. 간호사는 주위를 둘러보았다. 여자가 말한 벤치의 위치와도 대략 일치했다.

그녀는 일부러 남자가 앉은 자리에서 가장 가까운 벤치에 앉았다. 가로등이 제법 밝긴 해도 책을 읽기엔 좋은 환경은 아니었다. 그런데도 남자는 고개를 구십 도로 꺾고 책 읽는 데 집중했다.

'저게 그 책인가.'

그녀의 가슴이 두근거렸다. 이것은 말도 안 되는 이야기였다. 눈앞의 남자는 그녀를 기다리고 있었다. 그녀가 자기를 만나러 오는 길에 영원히 한쪽 다리를 잃은 줄도 모르고.

간호사는 참담한 심경으로 남자를 바라보았다. 남자는 아무것도 모르고 책을 읽었다. 그러다가도 번쩍 고개를 들고 주위를 두리번거렸다. 누군가 찾는 게 분명했다. 그와 그녀의 눈이 마주쳤다. 그녀가 얼른 고개를 떨구었다.

물론 그가 여자가 말한 남자가 아닐 가능성도 있다. 그러나 계속 지켜보면 지켜볼수록 확신이 들었다. 그는 여자가 말한 남자가 맞다. 그러나 그가 그녀를 사랑하는지는 알 수 없는 일이었다. 거기 앉아 그녀를 기다리고 있긴 하지만 그 사랑이 무쇠처럼 견고한가는 별개의 문제였다.

그녀가 용기 내 남자의 옆에 앉았다. 그리고 무슨 책을 읽는지 물었다.

"사랑 이야기에요."

그의 목소리는 기존에도 같은 말을 여러 번 반복해온 사람의 무뚝뚝함과 권태가 있었다.

"혹시 책 제목을 알 수 있을까요?"

그가 착한 아이처럼 책장 사이에 손가락을 끼운 뒤 덮었다.

다음 날 그녀는 병원에 출근했다. 여느 때처럼 병실을 돌며 환자들의 상태를 체크하고 차트를 기록하고 필요한 경우 주사를 놓았다. 오후에 여자의 병실에 들어가 인사를 했다. 혈색이 좋아 보였다. 건강이 호전되고 있다는 증거였다. 그러나 자세히 보면 우물 같은 눈 속에 슬픔이 잉어처럼 헤엄치고 있었다.

여자가 산책을 나가자고 했다. 간호사가 그녀의 휠체어를 밀고 밖으로 나갔다.

두 사람은 침묵 속에서 거리를 걸었다. 먼저 입을 연 사람은 여자였다.

"있어?"

그녀의 목소리가 미세하게 떨렸다. 간호사는 생각했다. 만일 자신이 진실을 말한다면 어떻게 될까. 행복감에 미소지을까, 더 큰 불행감에 몸서리칠까.

간호사가 휠체어를 잡은 손에 힘을 주었다.

"아니."

간호사가 말했다.

"없어."

3

그녀는 없어진 한쪽 다리를 바라보았다. 원래는 있었지만 이제는 없어져버린.

생각해보면 그런 것들은 많다. 단지 눈에 보이지 않을 뿐. 그러나 사람들은 눈에 보이는 것들에 사로잡히는 경향이 있고 그러한 이유로 잃어버린 게 아무것도 없다고 생각했다. 그런 사람에 비하면 그녀는 자신에게 너무 엄격했다. 그녀는 책을 잃고, 다리를 잃고, 사랑을 잃었다. 그리고 지금은 모르지만 앞으로 잃어버릴 것들이 무궁무진하게 더 있었다. 이를테면 젊음이나 용기, 꿈 같은 것들.

환자들은 좀 시간은 걸리겠지만 그녀가 금방 적응하게 될 거라고 말했다. 그들은 다리가 없다는 게 어떤 건지 모른다. 다리를 잃어본 적이 없으니까. 그래서 남들보다 조금 불편을 감수하면 되는 문제라고 했다.

남자가 없다는 걸 알고 그녀는 실망했다. 혹시나 하는 마음이 있었던 것이다.

그녀의 표정을 보고 간호사는 양심의 가책을 느꼈다. 원래는 거짓말을 할 생각이 없었다. 그런데 막상 그녀의 얼굴을 보자 자기도 모르게 '없다'고 말해버렸다. 이제 와 진실을 말할 자신도 없었다. 그러니까 '자기도 모르게'라는 것 역시 거짓인 셈이다.

간호사는 그와 여자가 재회하는 장면을 상상해보았다. 솔직히 상상이 되지 않았다. 그가 연못가에서 기다리는 건 사실이지만 그녀가 다리 병신이 된 걸 알고 나서도 그 사랑이 굳건할지는 확신이 없었다. 한낱 살덩이에 불과하더라도 그가 사랑한 그녀의 모습이 그게 전부였기에. 그렇게 생각하면 그의 사랑은, 또 그녀의 사랑은 퍽 가벼운 것 같아 짜증이 났다.

간호사는 사랑을 믿지 않았다. 병원에서 일하면서 그러한 확신은 더욱 커졌다. 환자들은 절박한 순간 사랑에 매달렸지만 정작 그 사랑이 향하는 당사자들은 죄책감, 부당함, 공포감, 책임감, 부채 의식 등에서 벗어나지 못했다.

사람은 누구나 사랑을 원하지만 그 사랑은 바람 앞의 촛불처럼 꺼지기 쉽다. 촛불이 꺼지면 우리는 암흑 속에 홀로 남겨져야 한다.

그 주 주말에 간호사는 병원 근처에 있는 카페에서 한 남자를 만났다. 사십 대 중반으로 머리털이 좀 빠지고 둥글둥글한 인상을 가진 남자였다. 사립탐정이었다.

그녀는 연못가에 있는 남자가 읽는 책을 가져와달라고 했다.

탐정은 이유를 묻지 않았다. 의뢰인에게 "왜?"라고 묻지 않는 게 이 바닥의 불문율이다. 일을 해결하기 위한 지극히 예외적인 경우를 제외하고는 탐정들은 결코 사적인 질문을 하지 않는다. 사람들이 합법적인 경로를 에둘러 지름길을 택한 이유를 모를 만큼 바보가 아니니까. 그래서 그 푸근한 인상의 남자는 일을 추진하는 데 필요한 몇 가지 단서를 조사했다.

단순했다. 호숫가에 가서 그녀가 말한 제목을 가진 책을 가진 남자만 찾으면 됐다. 그 책은 서점에서 팔지 않는다. 한마디로 흔한 책이 아니다. 만일 그가 그 책을 가지고 있다면 그가 바로 그녀가 말한 사람이다. 그게 다였다.

"후회는 없으시죠?" 탐정이 물었다.

그것은 그가 의뢰인과의 미팅을 마무리하면서 늘 하는 질문이었다. 물건으로 치면 일종의 교환, 반품 같은 것인데, 눈에 보이지 않는 상품이 치러야 할 대가가 훨씬 크다는 걸 알기 때문이었다. 누구보다 탐정 자신이 후회하기 싫었다.

"네."

보름도 안 돼 탐정에게 연락이 왔다. 그가 일주일만 더 시간을 달라고 했다.

"그러세요."

여자가 무미건조하게 말했다.

일주일 후 두 사람은 전에 만난 카페에서 다시 만났다. 그가 테이블에 책을 올려놓았다. 눈에 익은 표지. 제목. 그 책이 맞았다.

그녀가 미리 챙겨온 쇼핑백에 책을 넣었다.

"고마워요."

그녀가 잔금을 치렀다. 그리고 허둥지둥 카페를 빠져나갔다.

제3부 진실의 끄트머리에서 우리가 보게 되는 것

1

탐정은 카페에 앉아 커피를 천천히 음미하며 마셨다. 의뢰인과 일을 해결하고 나면 늘 혼자 남아 커피를 마셨다. 의뢰인들은 크게 두 부류였다. 기뻐하는 사람들, 덜 기뻐하는 사람들. 후자를 볼 때가 탐정으로서 가장 기분이 좋지 않았다. 그 일이 별로 떳떳하지 않다는 증거니까.

그는 십 년 넘게 이 일을 해왔다. 별다른 기술이 없어 시작한 일이지만 어느덧 업계에서 알아주는 베테랑이 되었다. 나름의 원칙과 사명감을 가지고 일했기 때문이다.

그가 가장 중요하게 여긴 건 보람이다. 일에 보람을 느끼지 못하면 오래 버틸 수 없다. 일이란 게 그렇다. 보람은 자기가 만들어야 한다. 그가 생각하기에 이 일의 가장 큰 장점은 사람을 돕는다는 것이다. 그러나 이 일의 가장 큰 단점 역시 사람을 돕는다는 것이다.

그는 조금 전 자기 앞에 있었던 젊은 의뢰인을 떠올렸다. 그녀는 순진해 보였지만 그래서 경솔해 보였다. 자기가 하는 일에 확신은 있지만 책임지고 싶어 하지 않는 것처럼 보였다.

탐정은 그녀가 남자가 말한 책 주인은 아닐 거라고 확신했다. 그녀는 책 주인을 '아는' 사람이다. 그것만큼 확실한 단서는 없었다. 그 책을 아는 사람은 흔치 않으니까.

며칠 전부터 그는 그녀를 몰래 미행했다. 그녀는 간호사였다. 육 년째 이 일을 해왔다. 일은 삼 교대였고 새벽에도 자주 당직을 섰다. 매일 밤 연못가에 갈 수가 없다. 그녀는 성실하고 성격도 살가운 편이라 환자들에게 평판이 좋았다. 애인은 없었다.

그녀가 책 주인과 어떤 관계인지는 모른다. 그것은 중요하지 않다. 그는 그녀에게 책을 돌려주는 대가로 돈을 받았다. 그 일은 문제없이 처리되었다. 지난날 그가 처리해온 일들에 비하면 이 정도는 식은 죽 먹기였다. 한 가지 걸리는 게 있다면 그 일을 해결하는 과정에서 남자와 약속을 했다는 것이다. 책 주인을 만나게 해주겠다는 것. 그것은 그녀가 요구한 책을 가져다주는 일과는 무관하다. 한마디로 그 일은 여자가 개입할 바가 아니다.

그녀는 책 주인이 아니니까.

그러므로 남자의 마음은 홀가분했다. 조금이라도 신경 써야 할 문제가 줄어들었다.

남자가 사랑하는 사람을 만나기 위해 매일 저녁 책을 들고 연못가에 가 있다는 건 나중에 알게 되었다. 요즘 세상에 말도 안 되는 일이었다. 탐정은 지금껏 누군가를 열렬히 사랑해본 적이 없다. 그럴 기회도 얻지 못했지만 어쨌든 없는 건 없는 것이다. 그러나 그는 사랑을 믿었다. 그것은 천국과 비슷한 말처럼 들렸다.

"책을 주세요. 그럼 그분을 만나게 해드릴게요."

탐정은 남자를 도와주고 싶었다. 사람 찾는 일은 그의 전문이었다(탐정도 각자 특화된 분야가 있다). 간호사는 일할 때 빼면 특별히 만나는 사람도 없었다. 집을 제외하면 병원에 머무르는 시간이 다였다.

탐정은 간호사가 돌보는 환자들을 조사했다. 그것은 들키지 않게 각별히 주의를 기울여야 하는 일이었다. 그녀가 돌보는 환자들이 많기도 했지만 병원이란 좁은 건물 특성상 보는 눈이 많으니까.

탐정은 어느 날은 환자의 보호자인 척, 어느 날은 정수기 필터를 갈러 온 직원인 척, 어느 날은 원무과 직원인 척, 어느 날은 꽃배달 기사인 척, 어느 날은 위생관리사인 척, 어느 날은 식당 직원인 척, 어느 날은 의사인 척하면서 간호사가 다녀간 병실들을 차분하게 돌았다.

그는 다리 하나가 없는 한 여자를 알게 되었다. 간호사와 매우 절친한 사이로 일주일에 서너 번 같이 산책을 나갔다. 왠지 그녀가 자꾸 눈에 밟혔다.

그는 병원에 새로 파견 나온 의사인 척하면서 병실에 들어갔다. 여섯 명이 모여 있는 다인실에서도 그녀는 눈에 띄었다. 가장 젊고 미인이었으니까.

그녀는 베개를 탑처럼 층층이 쌓아놓고 거기 기대 창밖을 보고 있었다. 먼지 낀 창문을 통과해 들어온 햇살이 얼굴을 비추고 있었는데 꼭 거미줄에 뒤덮인 시든 꽃 같았다.

그녀도 그를 보았다. 흰 가운을 보고 별 의심은 하지 않았다. 이불을 허리까지 덮고 있었는데 한쪽이 움푹 꺼져 있었다.

그는 여자가 두 달 전 교통사고를 당해 다리를 절단했다는 걸 알게 되었다. 공교롭게도 그녀가 사고를 당한 지점이 연못가와 가까웠다.

'설마.'

탐정이 생각했다.

'미치겠네.'

퇴원하던 날 그녀는 발작을 일으켰다. 얼굴이 사색이 되어 퇴원하지 않겠다고 떼를 썼다. 단발머리 간호사가 달려와 그녀를 달래주었다.

"괜찮아. 다 익숙해져."

오랜 시간 그녀를 지켜본 환자들은 그녀가 왜 그런지 알고 있었다.

"그녀는 사랑하는 남자 때문에 다리를 잃었답니다."

지독한 당뇨로 손가락 두 개를 잘라낸 여자가 탐정에게 말했다.

탐정은 남자에게 연락하지 않았다. 누가 다리 병신을 좋아하겠는가? 게다가 그렇게 된 게 자기 때문이라면?

그는 상상도 하기 싫었다. 그는 약속을 어기는 걸 싫어하지만 이 경우는 예외로 치기로 했다. 그는 두 사람을 잊어버리기로 했다.

2

그녀는 원래 살던 집으로 돌아갔다. 가족들이 그녀를 돌봐 주겠다고 했지만 혼자 있겠다고 고집을 부렸다. 혼자 사는 일은 익숙했다. 대학 때 독립한 뒤로 쭉 혼자 지냈다. 다리 하나가 없어졌다고 해서 과거로 돌아갈 필요는 없다. 그렇다고 현실을 받아들인 것도 아니지만.

그녀는 한쪽 다리를 잃는 대신 휠체어와 목발을 갖게 되었다. 아직 목발을 짚고 다니는 게 익숙지 않아서 휠체어에 의지했다.

그녀는 재활 치료를 받는 날 외엔 밖에 나가지 않았다. 하루 종일 집 안에만 있었다.

다리가 없는 삶은 상상해본 적이 없었다. 그것이 겨우 한쪽 다리일 뿐이라도 말이다. '겨우'라는 건 없다. 그것은 불행을 겪어보지 않은 사람만이 할 수 있는 말이다. 만일 그들이 어느 날 그녀처럼 불의의 사고를 겪게 된다면 '겨우'라는 말을 할 수 없을 것이다. 사람은 불행을 겪어봐야 그것 역시 존중해야 한다는 걸 깨달을 것이다. 세상이 불공평한 건 사람들이 이해심이 없기 때문이 아니다. 그걸 이해할 결정적인 사건들이 각자 다 다르게 일어나기 때문이다.

그녀의 집에는 일주일에 한 번 집안일을 도와주는 사람이 왔다. 오십 대 후반으로 싹싹하고 억척스럽게 일도 잘했다. 그녀와 엇비슷한 나이의 딸이 있다며 굳이 안타까운 내색을 숨기지 않았다. 세 번째 만남에 그녀는 옷장 정리를 도와달라고 부탁했다. 여자가 옷장을 열자 수많은 원피스가 걸려 있었다. 그중에는 태그도 떼지 않은 새 옷도 있었다. 그녀가 원피스들을 다 치워달라고 말했다.

"이제 그 옷들은 못 입어요." 그녀가 말했다.

"혹시 버릴 거면 제가 가져도 될까요?"

여자는 그 옷들을 자기 딸에게 주고 싶어 했다. 그녀는 그 여자의 딸이 다리 한쪽을 잘라낸 여자의 옷을 입고 싶어 할까 궁금했지만 흔쾌히 그러라고 했다. 버리는 것보단 누군가 필요로 하는 사람이 갖는 게 나으니까. 여자는 기뻐하며 옷들을 쇼핑백에 가득 담았다.

퇴원한 지 석 달째 되던 날 그녀는 휠체어를 타고 밖으로 나갔다. 언제까지 집에만 있을 수는 없었다. 둥지에 고립된 아기새는 제힘으로 날지 못하면 영원히 둥지에서 벗어날 수 없다. 그녀 역시 다시 처음으로 세상을 만나는 아기처럼 집 밖을 나섰다.

세상은 험난했다. 계단이 너무 많았고 보도블록은 깨져 있거나 울퉁불퉁했다. 사람들은 다 거인증 환자처럼 거대했고 그녀를 길가에 내놓은 가구처럼 거추장스러워했다. 상점 출입문은 바늘구멍처럼 비좁았다.

어떤 사람들은 그녀를 도와주었다. 그날 하루만 고맙다는 말을 열 번 넘게 했다. 그것은 그녀의 인생에 처음 있는 일이었다. 도움받는 존재가 된다는 것. 그것은 슬프고 염치없는 일이었다. 그러나 그보다 더 참을 수 없는 건 도움 받는 일에 익숙해지는 것이었다.

그녀는 이를 악물고 홀로서기 연습을 했다. 일 년이 지나자 혼자서도 제법 휠체어를 잘 운전할 수 있게 되었다. 가정부도 더 이상 오지 않았다. 혼자 빨래를 하고 요리를 했다. 장을 보았고 서점에 가서 책도 골랐다. 부득이하게 먼 거리를 이동할 때는 장애인 전용 택시를 불렀다.

그녀는 드문드문 연못가를 떠올렸다. 연못가는 집에서 가깝기도 하고 그녀가 가장 좋아하는 장소였다. 남자를 만나기 전에도 자주 그곳에 갔다.

그런데도 못가에 가지 않은 건 남자가 떠올랐기 때문이다. 없어진 다리를 볼 때마다 남자가 떠올랐다. 그것은 불가항력적이었다. 그녀는 남자를 원망하지 않았다. 그녀의 다리가 없어진 건 남자 때문이 아니다. 그녀의 선택으로 그렇게 된 것이다. 이제 그 사실을 인정하게 되었다. 그녀는 두려워할 필요가 없었다.

그녀는 연못가에 갔다. 연못가는 그대로였다. 달빛을 받은 나무들이 고요한 수면에 비쳐 마치 물속에 뿌리를 드리우고 있는 것 같았다. 그들은 한결같았다. 변한 건 그녀였다.

그녀는 한때 늘 앉던 벤치로 갔다. 이제는 거기 앉을 수 없어서 벤치 옆에 휠체어를 세워놓았다. 겨우 일 년밖에 지나지 않았는데도 십 년도 더 된 일처럼 아득하게 느껴졌다.

그녀는 미리 챙겨온 책을 펼쳤다. 오래전 그녀가 잃어버린 책은 아니었다. 그 책은 다시 구할 수가 없다. 그 책을 쓴 여인은 영문도 모르게 사라져버렸다. 오래전 그녀는 그 여인을 만나기 위해 거리에 찾아갔었다. 여자가 쓴 다른 책이 있나 궁금해서였다. 책 장수는 보이지 않았다. 그때는 막연히 다른 데로 가버렸나 보다고 생각했는데 이제는 자기처럼 다리를 잃어버렸을지도 모른다는 생각이 들었다.

그녀는 책을 샀던 그 거리로 가봐야겠다고 생각했다. 여자가 언제 다시 돌아왔을지 모르는 일이니까.

그녀는 좀 더 연못가에 머물렀다. 아까보다 사람들이 눈에 띄게 줄었다. 그들은 피곤해했고 시간이 지나자 집으로 돌아가고 싶어 했다.

실수로 그녀는 책을 놓치고 말았다. 주우려고 허리를 굽혔지만 손이 닿지 않았다. 누군가 책을 주워주었다.

3

그녀는 매일 연못가로 갔다. 예전처럼 늘 같은 자리에 앉아 책을 읽었다. 그녀의 마음은 점차 편안해졌다. 누구도 그녀를 방해할 수 없었다. 공기는 조금 찼지만 담요를 덮고 있으면 아무런 의심을 사지 않았다. 여름에는 긴 바지를 입어도 별수 없이 티가 났다. 사람들은 그녀의 다리 하나가 없는 걸 알면 몹시 충격을 받았다.

'두 다리가 멀쩡한 걸 감사하며 살아야지.'

그녀도 아무렇지 않았다. '없다'는 것도 익숙해진다. 그것이 인생의 결함을 의미하는 건 아니었으므로. 그걸 모르는 사람들이나 그녀를 가엾게 여기는 것이다.

그녀는 남자도 거의 떠올리지 않았다. 어느덧 삼 년이 흘렀다.

그녀는 새로운 직장을 구했다. 쇼핑몰 재고를 관리하는 일이었는데 재택근무라 별로 어렵지 않았다. 그런데도 면접 때 관리자들은 그녀가 다리 하나가 없는 걸 보고 마뜩잖아했다. 그녀는 두 다리가 이 일과 무슨 관련이 있는지 물어보았다. 그것도 맞는 말이라서 관리자들은 그녀를 고용했다. 그들의 선택은 탁월했다. 그녀는 꼼꼼하고 성실했다.

주말이 되면 그녀는 오래전 책을 샀던 거리로 갔다. 여인은 보이지 않았다. 그런데도 매주 그 거리로 가서 사라진 여인을 기다렸다. 여인이 언제 돌아올지도 모른다는 생각에.

휠체어에 앉아 있는 젊은 여자는 눈길을 끌었다. 간혹 그녀가 길을 잃거나 도움이 필요한 줄 알고 다가오는 사람들도 있었다. 그럴 때마다 그녀는 "누굴 기다리는 중이에요"라고 대답했다. 사람들은 머쓱한 미소를 지으며 사라졌다.

그녀가 너무 자주 보여서 동네 사람들은 슬슬 그녀가 누군지 궁금해지기 시작했다. 한 사람이 그녀에게 누굴 기다리는지 물었다.

"책을 파는 분이에요. 바로 이곳에서 책을 팔았어요."

책 장수를 아는 사람은 없었다. 그러나 휠체어를 탄 여자에 관한 소문은 금세 퍼졌다. 하루는 나이 지긋한 남자가 와서 자기도 책을 샀다고 말했다.

"이거 맞죠?"

그가 품에서 책을 꺼내 보여주었다. 그녀가 잃어버린 책과 같았다.

"그녀가 어디로 갔는지 아세요?"

"아뇨."

남자가 괜찮으면 자신의 가게에 가지 않겠느냐고 했다. 찬바람이 맹렬하게 불었다. 그녀는 망설였다.

가게는 거리에서 멀지 않은 곳에 있었다. 건널목만 건너면

바로였다. 그가 따뜻한 커피를 가져왔다. 생긴 건 무뚝뚝해도 좋은 사람이었다. 그들은 책 얘기를 나누었다. 그도 그 책이 무척 마음에 들었다고 했다.

"원하시면 빌려드릴게요."

남자가 책을 내밀었다. 여자가 괜찮다고 했지만 한사코 여자의 손에 책을 들려주었다.

"얼마 전에도 책을 찾는 사람이 있었어요."

남자가 말했다.

"아가씨처럼 책을 찾았어요. 내게 책을 팔라고 했어요. 하지만 안 팔았지요. 나도 이 책이 마음에 들었거든요. 이 책은 쉽게 구하기 어려운 책이에요."

그녀는 그가 누굴까 생각했다. 의미 없는 질문이었다. 그녀만 그 책이 마음에 들었을 리 없다. 그녀만 그 책을 잃어버렸을 리 없다. 그런데도 실수로 먼지를 삼킨 것처럼 목구멍이 답답했다.

"그런데 어쩌다가 그 책을 잃어버린 겁니까?"

남자가 물었다.

그녀는 자신의 이야기를 들려주었다. 오랫동안 이 일을 떠올리지 않으려고 애를 썼으므로 그 일은 좀 곤혹스러웠다. 남자는 말없이 들었다. 눈을 내리깔고 이따금 고개만 끄덕거렸다.

그녀는 떠나면서 자신의 연락처를 알려주었다. 혹시나 책 장수를 보면 연락해달라는 말도 잊지 않았다.

일주일 뒤 그녀가 다시 거리로 왔다. 책 장수는 보이지 않았다. 그녀는 실망하며 가게로 갔다. 남자가 그녀를 기억하고 반갑게 맞아주었다. 그녀는 책을 돌려주면서 여자를 봤는지 물어보았다.

"아뇨, 하지만 나도 아가씨 때문에 그녀에게 관심이 생겼지요. 사람들을 수소문한 끝에 그녀가 어디 있는지 알아냈어요. 바로 저기(그가 손가락으로 하늘을 가리켰다). 우리가 최후에 가는 곳. 그녀는 죽었어요."

여자가 뜻밖의 말에 충격을 받았다. 어쩌다가 죽었냐고 묻자 남자가 사고라고 했다.

"꽤 오래전 일이에요. 길을 가다 차에 치였지요. 불쌍한 여자예요. 가족도 없고 아무도 없었거든요. 이제 책은 살 수 없을 겁니다. 그러니 이제 그만 잊어버려요."

그녀가 가려고 하자 상인이 불러세웠다. 그가 책을 내밀었다.

"이건 선물이에요. 가져요."

인류의 업적

위대한 업적

인류에게 책은 아직 남아 있었다. 책에는 다음과 같이 적혀 있었다. "인류는 자기 자신을 완전히 없앰으로써 위대한 업적을 달성하였다."

그들은 눈부신 태양과 짙푸른 녹음, 푸른 바다 위로 잘게 부서지는 포말, 날개를 쭉 편 새들과 그 아래 개미 떼가 일렬로 행진하는 것을 보았다. 들판에 노란 꽃들이 수백 통의 사랑의 편지를 날리자 꿀벌과 나비들이 편지를 읽고 날아왔다. 그들은 해가 질 때까지 왈츠를 추었다. 죽음과 부활을 반복하는 나무의 거룩한 표피 위로 버섯들이 모자를 쓰고 나들이를 나왔다. 지구 반대편에서 붉은 사막은 시시각각 모습을 바꾸었다. 뜨거운 바람이 신비의 베일을 쓴 여인처럼 지평선을 향해 달려갔다. 어둠이 내리면 세상은 꿈속을 헤매듯 조용해졌다. 부엉이의 자장가를 들으며 굴속에 들어간 여우들이 몸을 누였다. 낙원에서 추방된 동물들이 다시 낙원으로 돌아왔다. 악어는 뒷발을 차며 늪지대를 산책했고 사자들은 늘어지게 하품했다. 둥근 뿔을 가진 산양들은 암벽 위로 올라가 포식자들을 감시했다. 새끼 노루가 개울물에 고개를 처박고 목을 축였다. 나무들이 비친 호수는 녹색 사파이어처럼 은은했다. 사냥을 마친 새가 떡갈나무에 있는 둥지에 돌아와 앉자 나뭇가지가 화들짝 놀라 잎새 하나를 떨어뜨렸다. 정글에서는 매일같이 피비린내 나는 살육이 벌어졌다. 그 행위는 잔인하기보다 숭고함이 느껴졌다. 살고 죽는다는 것은 무엇인가? 숨을 깊게 들이마시면 밤사이 사라진 존재의 사체 위로 풍요의 냄새가 났다. 인류가 그것들을 원래대로 되돌려냈다.

일천 년 전만 해도 사람들은 자연을 훼손하고 같이 병들어 갔다. 그러나 이제 그들은 자연을 해방시켰고 자신까지 구원했다. 그들은 더 이상 늙지 않았다. '살아 있다'는 것만이 중요했다. 얼마나 더 오래, 더 많은 걸 경험했는지는 중요하지 않았다. 그들의 육체가 더 이상 보이지 않았기 때문이다. 그들이 그렇게 만들어버렸다.

보이는 것들은 전부 숫자와 관련이 있다. 돈, 나이, 집, 자동차, 하다못해 머리숱까지. 이제 숫자는 필요 없게 되었다. 사람들은 통계를 없앴다. 모든 수학적인 것들이 없어지자 리미트와 리스크가 없어졌다. 사전에 수록된 경제적 개념들이 역사의 저편으로 사라졌다. 애덤 스미스, 어빙 피셔, 케인스는 이제 누구도 떠올리지 않았다. 역사의 한 획을 그은 경제학자들은 이제 기억할 가치가 없었다. 대신 칸트나 니체, 사르트르는 여전히 추앙받았다. 종교학이 발달했다. 신흥 종교와 새로운 이름을 가진 신들이 우후죽순 등장했지만 믿음은 자유였다. 사람들이 가진 유일한 수단은 대화였다. 얼마나 더 많은 걸 느끼느냐가 더 중요했다. 그것에 따라 더 행복한 사람과 덜 행복한 사람으로 나뉘었다. 여전히 인류는 존재의 의미와 감정 기복으로부터 자유롭지 않았지만 최소한 불필요한 조건들로 인해 인생에 멍에를 지우는 일만큼은 벗어나게 되었다.

잘생긴 사람과 못생긴 사람의 구별이 없어졌다. 돈 많은 사람과 가난한 사람이 없어졌다. 배운 자와 못 배운 자의 차별이 없어졌다. 실수로 손 하나가 잘려나가거나 걷지 못하거나 불치병을 가진 사람들이 없어졌다. 젊은이와 늙은이의 구별이 없어졌다. 생명의 위협이 사라지자 살인자와 강간범들이 사라졌다. 노동과 집안일이 없어졌다. 계급이 없어졌다. 국가와 정치인들이 없어졌다. 차별과 편견이 없어졌으며 열등감과 수치심도 없어졌다.

과학자들은 인류의 그림자를 연구했다. 그것은 이데아와 관련이 있었다. 과학자들은 그것이 철학적인 개념이라고만 생각했지만 어느 순간 그게 다가 아니란 걸 깨달았다. 실험은 성공적이었다. 자기 몸을 없앴고 로켓 대신 허공으로 날려버렸으니까. 그것은 영혼과는 관계가 없다. 목소리는 남았다. 그 거룩한 파장을 통해 사람들은 마지막 진화를 거듭했다.

리치 올드만은 "살과 피와 뼈를 가진 것들은 저열한 동물들이나 갖는 것"이라며 이 대담한 발명을 찬양했다. 그가 투명해지기 전 거리의 화가가 그린 그의 초상화 〈수염을 가진 남자〉는 불멸의 명화로 남게 되었다. 그들은 그림을 보며 이것이 인류의 얼굴이라는 걸 배웠다. 형태와 색채를 잃어버린 지금 그들은 그 얼굴을 통해 고루함 외에는 어떤 것도 느끼지 않는다.

역사는 끝없이 구름에 가려진 사다리를 타고 올라갔다. 인류의 자멸이 있기 전 그들은 중대한 결정을 내렸다. 핵폭발과 전쟁으로 인해 사람들이 죽어 나갔고 끊임없는 폭력과 가난, 굶주림 속에서 더욱 공고해진 자산가와 독재자들의 횡포가 이어졌다. 세상은 붕괴 직전이었고 인간애는 닳아빠진 장갑처럼 자신의 손을 보호하지 못했다. 인류는 멸망할 것이었다. 그들은 자기 손으로 목을 졸라 죽은 유일한 생명체가 될 것이다.

전 세계 과학자들이 한자리에 모였다. 그들은 만장일치로 결정을 내렸다. 인류를 위해 내린 결정이었다. 천 년에 걸쳐 인류는 변이되었다. 그들은 봉지에 압축된 진공 상태로 대지 위를 둥둥 떠다녔다. 새로운 인류는 땅 위도, 지하세계도 아닌 새로운 곳에 터를 잡았다. 어디에도 없는 곳. 그 무(無) 위에다 집을 짓고 인생을 개척해나갔다. 집에는 창이 없었다. 벽도 없었다. 아무런 경계가 없었으므로 그들은 옆집 수프 냄새처럼 거리낌 없이 건너갔고 무한한 지성을 뽐냈다. 굶주림도 없었으므로 정신의 허기짐만 해결하면 되었다.

철학과 음악이 발전했다. 가장 인기 있는 건 문학이었다. 인류가 가진 건 오직 목소리뿐이었으므로 그 그릇에 담긴 내용이 중요했다. 얼마나 더 아름답게 말하고 상대의 영혼을 울리는가. 뛰어난 웅변가들도 많았지만 그들이라고 항상 딱딱하고 논리적일 수만은 없었다. 사람의 마음을 얻기 위해 낭만은 필수불가결했다.

사람들은 조건 없이 서로 사랑했다. 늙은 남자가 죄책감 없이 어린 소녀를 사랑했고, 삶에 기쁨 없는 지식인이 머리에 든 건 없지만 행복한 당나귀를 사랑했다. 한 번에 여러 사람을 사랑하는 폴리아모리가 늘어났다. 그것은 죄가 아니었다. 한 사람만 사랑하는 건 오히려 이기적이고 비난받을 일이었다. 보이지 않는 게 더 많은 걸 보게 한다.

그들은 자신의 세계를 확장해나가길 원했고 그러려면 더 많은 사랑의 형태가 필요했다. 집착과 질투, 증오의 감정은 건재했지만 그것은 다만 사람, 오직 존재에 관한 것으로 한정되었다. 그들은 관계에 집착했다. 또 자기 자신의 영혼에 관심을 두었다.

남녀는 몸을 섞는 대신 영혼을 섞었으며 상상력을 낳았고 그 상상력이 자라서 독립해 또 다른 상상과 결합했다. 그것이야말로 인류의 번식 방식이자 위대한 유전학적 성취였다.

기억하는 사람

갑자기 하늘이 어두워지더니 벼락이 치고 폭우가 쏟아졌다. 놀란 동물들이 우왕좌왕했다. 여우나 토끼 같은 작은 산짐승들은 깡충깡충 뛰어 굴속으로 들어갔다. 거기 그들보다 먼저 온 두 영혼이 있었다. 두 영혼은 천둥보다 더 우렁찬 소리를 내며 하나로 포개어졌다. 비와 구름처럼. 아이가 태어나자 거짓말처럼 비가 뚝 그쳤다. 아이는 자신의 영혼을 관통하는 진한 흙냄새를 맡았다.

아이는 방랑자 기질이 있었다. 태어난 지 두 달 만에 집을 뛰쳐나갔다. 아무리 혼을 내도 소용없었다. 그럴수록 휘파람처럼 멀리멀리 빠져나갔다.

아이는 친구도 없었다. 늘 혼자였고 상상 속에 빠져 지냈다. 아이는 절벽 끄트머리에 앉아 해가 떨어질 때까지 지평선을 바라보았다. 구름들은 제각각이었다. 빠르게 가는 구름도 있고 지렁이처럼 느릿느릿 기어가는 구름도 있었다. 가끔 구름 위로 무지개가 걸리면 물총새처럼 튀어 올라 무지개 꼭대기로 단숨에 올라갔다. 그러나 가까이 다가가면 총천연색 빛깔은 사라지고 보이지 않았다. 아이는 슬펐다. 자기 자신 같아서.

아이는 책을 많이 읽었다. 세상은 궁금한 것투성이였다. 그러나 아이가 정말 궁금한 건 책에서도 가르쳐주지 않았다. 예를 들면 어째서 인류가 자기 자신은 볼 수 없는가 하는 것 말이다.

"그건 인간이 특별하기 때문이란다."

엄마가 말했다.

"특별하다고요? 우리가 우리 자신을 볼 수 없는데도요?"

"눈으로 보는 것만이 꼭 보는 게 아니야."

어른들은 늘 뻔한 얘기만 했다. 아이가 보기에 어른들은 다 알고 있으면서도 일부러 모르는 척하는 것 같았다. 알고 싶지 않기 때문에 알지 않는 편을 택하는지도 몰랐다. 인류의 진보는 늘 진실로부터 한 발짝의 여지는 남겨두었다. 그것은 제논의 역설처럼 가까이 다가가면 한 발짝 더 멀어졌다. 왜 그럴까? 아이는 더 이상 어른들에게 아무것도 묻지 않았다.

아침이 되면 아이는 환호성을 지르며 집 밖으로 뛰쳐나갔다. 새벽안개가 뿌옇게 끼면 세상은 꼭 숨바꼭질을 하는 것 같았다. 아이는 안갯속을 헤매는 고추잠자리처럼 돌아다녔다. 그것은 영원히 끝나지 않는 숨바꼭질이었다. 아이는 지쳐서 잔디밭에 벌렁 누웠다. 습기를 빨아들인 풀이 콧구멍을 부드럽게 간질였다. 풀잎 끝에 무당벌레가 대롱대롱 매달려 있었다. 아이가 풀잎을 튕겼다. 벌레는 꼼짝도 하지 않았다. 아이는 잔디밭을 뒹굴었다. 아이의 몸은 조금도 더럽혀지지 않았다. 잔디의 보드라움은 느꼈지만 잔디 쪽에서 아이의 존재를 느끼지 못했다. 아이는 눈물을 흘렸다.

아이는 세상을 사랑했다. 세상이 아이를 사랑하는가는 의문이었다. 세상은 아름다웠다. 그 아름다움 속에 인류는 없었다. 인간은 분명 자연의 일부였지만 자연 어디에도 인간의 흔적은 보이지 않았다. 그것은 불가능한 일이었다. 어떻게 이런 일이 있을 수 있을까?

아이는 분명 엄청난 비밀이 있을 거라고 믿었다. 어른들은 침묵했지만 기필코 밝혀내겠다고 다짐했다.

아이는 부모에게 떠나겠다고 했다. 부모는 아이의 선택을 존중했다. 삶의 신비를 푸는 것이야말로 모든 존재가 가진 숙제였으므로.

"조심해라. 그리고 후회 없이 살거라."

"안녕히 계세요."

운명은 소용돌이를 치며 나아갔다.

아이는 수십 년 동안 그 대답을 찾아 헤맸다. 그동안 철학자, 교사, 물리학자, 탐험가, 가수 등등 수많은 사람을 만났다.

철학자는 인간이 세상을 뛰어넘었기 때문이라고 대답했다.

교사는 거기까지 진도가 나가지 않았기 때문이라고 대답했다.

물리학자는 인간이 중력을 벗어나버렸기 때문이라고 대답했다.

"쉽게 말하면 우리는 풍선이 되어버린 거야."

탐험가는 이미 가볼 곳은 다 가봐서 인간의 육신이 잠든 곳에 흥미를 보였다. 그는 아이와 동행하기로 했다. 그 수다쟁이는 자신이 보고 들은 것들에 대해 떠들었는데 그가 찬양하는 원시성과 야만성은 아이를 조금도 흥분시키지 않았다. 인간을 제외한 대자연에 대체 무슨 의미가 있겠는가?

지나가는 사람들이 그들에게 어딜 가느냐고 물었다.

"우린 잃어버린 몸을 찾고 있어요."

사람들은 웃음을 터뜨렸다. 그들을 머리가 돈 사람들 취급했다. 탐험가는 부끄러움을 느끼고 떠났다.

아이는 또다시 혼자가 되었다. 밤이 되면 창백한 달빛이 걸린 구름에 몸을 누였고 날이 밝으면 또다시 운명의 발길이 이끄는 곳으로 걸어갔다. 험준한 산을 넘고 사막을 넘고 장엄한 빙산과 늪지대를 건너 끝없이 나아갔다. 그가 포기하지만 않는다면 시간은 아직 넉넉했다. 그러던 어느 날 노랫소리를 들었다.

내겐 송곳니가 세 개 있어.

가까이 오렴. 널 해치지 않을게.

송곳니는 내 소중한 악기란다.

아이가 소리 나는 곳으로 갔다. 여자의 노랫소리가 멈추었다.

"정말 송곳니가 있어요?"

아이가 물었다.

"여기 있잖아."

그녀가 이를 드러냈지만 아이에게는 보이지 않았다. 아이는 실망했다. 그녀가 깔깔거리며 웃었다. 자기 행동이 좀 지나쳤다고 느꼈는지 그녀는 이것이 아주 오래된 노래이며 송곳니는 보이지 않지만 우리의 영혼 어딘가에 남아 있다고 말했다.

"인간성이라는 거지."

아이는 미소 지었다. 그녀는 말이 통하는 여자였다. 아이는 자신이 여행을 떠난 이유를 들려주었다. 그녀는 잠자코 듣더니 입을 열었다.

"내가 아는 분 중에 역사학자가 있어. 그분이라면 네 질문에 대답해줄 수 있을 거야."

그녀는 가수였다. 그녀는 노래 부르기를 좋아해서 언제 어디서든 노래를 불렀다. 훌륭하다고까진 할 수 없지만 그럭저럭 들을 만했다. 그녀는 송곳니 노래 말고도 다른 사람들은 모르는 희귀한 노래들을 많이 알고 있었다. 그것들은 민속학적인 가치가 있었다. 노학자를 알게 된 것도 그 때문이었다. 그녀가 노학자가 사는 곳을 알려주었다.

"고마워요."

여자가 다시 노래를 부르기 시작했다. 아이는 흘러간 시간의 바퀴에 깔려 악기로 변해버린 송곳니가 자신의 가슴에 와 박히는 것을 느꼈다.

노학자는 천 년을 넘게 살았다. 그가 유명해진 이유는 그 자신이 육체를 가졌던 시절을 겪은 유일한 사람이기 때문이다. 그는 죽지 않았고 그 모든 걸 기록했다. 인류는 죽음도 스스로 결정했다.

아이도 그의 책을 읽었다. 그는 인간이 자기 몸을 가졌을 때 겪은 끔찍한 재난과 재앙에 대해 세세하게 기록했다. 몸으로부터의 해방. 그것이야말로 인류의 마지막 혁명적 성취라는 게 그 책의 결론이었다. 인류의 역사는 끊임없는 살육의 역사이고 그것을 위한 도구의 근본이 몸이라는 것이다. 이제 인류는 육체가 만든 고통으로부터 해방되어 자유처럼 가볍고 허무한 부피와 무게를 가지게 되었다.

노학자는 그녀가 가르쳐준 곳에 있었다. 그는 귀찮은 강아지처럼 내치지 않고 아이의 얘기를 흥미롭게 들었다.

"네 말처럼 인간은 자연이 준 것들은 다 가졌었다."

아이의 말이 끝나자 노학자가 말했다.

"그런데 그 재주로 한 게 뭔지 아니? 바로 역사를 쓰는 일이었다. 이제 역사는 필요 없게 되었어. 인간이란 지나간 역사에서 아무런 교훈을 얻지 못하기 때문이지. 아널드 토인비의 말이다."

"하지만 선생님은 역사학자 아니신가요."

"나는 이 모든 역사를 기억하는 사람이지."

그게 다였다. 노학자는 비관주의자였고 인간의 결정에 찬성한 마지막 낭만주의자였을 뿐이다. 그 결과 그는 영원한 노인이 되었다.

아이는 실망해서 그의 곁을 떠났다.

방아쇠를 당기다

아이는 점차 지쳐갔다. 아무리 찾아도 비밀의 열쇠는 보이지 않았다. 처음부터 비밀 같은 건 없는지도 모른다. 없는 건 없는 거다. 그걸 인정하기란 애나 어른이나 몹시 힘겨운 일이다.

아이는 훌쩍훌쩍 울었다. 바로 그때 누군가 아이 곁에 다가왔다.

"나도 너랑 같은 걸 찾고 있어."

나뭇가지에 매달린 산딸기처럼 앙증맞고 산뜻한 목소리였다. 아이가 울음을 멈추었다.

"보여줄 게 있어. 따라와."

소녀가 돌풍을 일으키며 달려갔다. 놓칠세라 아이도 쫓아갔다.

두 사람은 한참을 달렸다. 그들은 자칼보다 빠르고 시냇물보다 지치지 않게 수백 수천 킬로미터나 떨어진 곳을 달려갔다. 그 어떤 것도 장애물이 되지 않았다. 인류는 모두 모험할 준비가 된 자들이다. 그래서 아무도 떠나지 않는다.

그들은 바다에 떠 있는 작은 섬에 도착했다. 너무 작아서 폭우라도 몰아치면 금방이라도 떠내려갈 돛단배처럼 보였다. 그러나 그것은 진짜 섬이었다. 섬 근방에 다른 섬이나 육지는 보이지 않았다. 우주에 떠 있는 별처럼 외따로 떨어져 있는 섬이었다.

푸른 해수면과 흰 모래알이 햇빛을 받아 줄지어 가는 철새처럼 반짝거렸다.

"네가 찾는 게 여기 있을지도 몰라."

소녀가 말했다.

두 사람은 백사장에 앉았다. 어둠이 올 때까지 기다려야 한다고 했다.

바닷물이 바람의 지휘에 맞추어 너울거렸다. 바다도 기다리고 있었다. 지형이 바뀌고 화산이 폭발하고 작은 섬들이 난파한 배의 파편처럼 떠내려오는 동안에도 잠자코 기다렸다. 오랫동안 그러했다. 그것은 끝이 없는 기다림이었다. 무얼 기다리는지 모른 채 기다리다 보면 많은 것이 바뀌어 있었다.

아이들은 심심해져서 모래를 가지고 놀아보려고 했다. 물론 잘되지 않았다. 그래서 포기하고 집게발이 달린 게가 모래를 뚫고 나와 옆으로 기어가는 모습을 보았다. 아이들이 웃음을 터뜨렸다.

파도가 철썩거리며 뭍으로 올라왔다 내려갔다. 그 황홀한 빛깔은 마치 다이아몬드 백만 개를 녹인 듯했다. 그러나 해가 지기 시작하자 바닷물은 오래된 수도에서 나온 녹물처럼 탁해졌고 어둠의 손바닥 아래 사라져버렸다.

"아무것도 안 보이는데."

아이가 말했다.

"기다려."

소녀가 말했다.

두 사람은 어둠이 더욱더 촘촘해지는 것을 보았다. 이젠 아무것도 보이지 않았다. 파도 소리만이 배고픈 늑대 울음소리처럼 구슬프게 들려왔다.

"저거 보여?"

소녀가 말했다.

"뭐?"

"저거."

아이가 눈을 찡그렸다. 어둠 속에 불씨 하나가 돌아다니는 게 눈에 띄었다.

"불이네."

"응."

"반딧불인가?"

"반딧불이 저렇게 크다고?"

"그럼?"

소녀가 몸을 일으켰다.

"가서 확인해보자."

두 아이는 불이 있는 곳으로 달려갔다. 불은 섬 안쪽에 있었다. 깊고 어두운 숲속을 한참 달리자 거기 있었다. 가까이 다가갈수록 점점 크고 선명하게 보였다. 아이가 몸을 떨었다.

"저게 뭐야?"

"집이야."

아이는 집이란 걸 처음 보았다. 그것은 굵은 나뭇가지를 엉성하게 엮어서 만든 오두막이었다. 동굴처럼 천장도 있고 아늑했다. 소녀가 먼저 다가갔다. 아이도 겁에 질려 바짝 붙었다.

불은 집 안에 있었다. 붉고 따스한 빛이 출렁이고 있었다.

"양초야."

소녀가 말했다.

"인간이 켜는 불이야. 밤이 되면 앞을 보기 위해 쓰는 도구지."

아이가 눈을 크게 뜨고 그 길고 가느다란 것을 쳐다보았다.

"그러니까 저게……."

"쉿!"

한 남자가 창가로 다가왔다. 그는 창문에 붙어 있는 아이들을 보지 못했다. 그 너머에 있는 짙은 어둠을 한번 힐끔 보았을 뿐이다. 그가 손가락을 뻗어 귓구멍을 후벼팠다.

남자는 이제껏 보았던 짐승들과 전혀 달랐다. 키가 크고 몸은 납작했으며 두 발로 천천히 걸었다. 빳빳한 갈색 머리에 입 주변에도 수북하게 갈색 털이 났다. 남자가 한 번 더 창밖을 보더니 양초 불을 훅 끄고 침대에 누웠다.

"어떻게 이런 일이 있을 수 있지?"

아이가 흥분해서 말했다.

"간단해. 너와 내가 만났기 때문이야."

소녀가 웃었다.

두 아이는 조용히 섬 밖으로 빠져나왔다.

다음 날 아이가 또다시 섬에 가려고 하자 소녀가 말렸다.

"안 돼. 너무 일러."

"뭐가 이르다는 거야?"

소녀는 대답하지 않았다. 다른 의도가 있어서는 아니고 그저 자기 자신도 설명하기 어려운 것 같았다. 소녀는 아마도 아이보다 더 많은 걸 알고 있었지만 그걸 설명하는 데 두려움을 느끼는 것 같았다.

"어쨌든 그 섬엔 가지 마."

그녀가 당부했다.

아이는 간밤에 본 남자를 떠올렸다. 인간은 환상적이었다. 사진으로 보긴 했지만 실물은 전혀 달랐다. 짐승과는 다른 분위기가 있었다. 그 모습은 어쩐지 아이의 마음속에 깊은 우수를 남겼다.

"고독이란 것이지."

소녀가 말했다.

"그는 혼자라서 외로운 거야."

"그에겐 친구가 없어?"

"그건 몰라."

"우리가 친구가 되어주는 건 어때?"

소녀는 대꾸하지 않았다. 아마도 아이의 질문이 소녀를 난처하게 만든 것 같았다.

'나는 어떤 모습일까?'

아이는 밤새 자기 얼굴을 그려보았다. 그것은 몹시 어려운 일이었다. 한 번도 자기 얼굴을 본 적이 없으니까.

아이는 그 섬에 다시 가고 싶어 견딜 수가 없었다. 그래서 소녀가 잠들기를 기다려 몰래 섬으로 갔다.

남자를 찾는 건 어렵지 않았다. 괴물의 반점처럼 온통 새까만 그 섬에 불 하나가 고요히 빛났다. 아이는 숨도 안 쉬고 숲속을 내달렸다. 조심스럽게 집 안으로 들어갔다.

남자는 테이블 앞에 턱을 괴고 앉아 있었다. 눈알이 텅 빈 게 약간 피곤해 보였다. 그가 양초를 바라보았다. 소리 나게 머리를 박박 긁었다.

아이는 식탁 맞은편에 앉았다. 남자가 아이를 바라보았다. 물론 아이가 보이는 건 아니었다. 아이는 웃음이 났다. 사람이 사람을 볼 수 없다니. 잘못되어도 뭔가 단단히 잘못되었다. 둘 다 같은 인간이다. 그런데 한 사람은 다른 사람을 보고 다른 사람은 그 사람을 보지 못한다. 구인류의 눈에 신인류가 보이지 않는다. 그것을 사람들은 진화라고 불렀다. 살아있는 것들은 더 오래 살아남기 위해 진화한다. 인류는 보이지 않는 편이 낫다고 판단했다. 과연 그러한가?

소녀의 말대로 남자는 고독해 보였다. 늙는다는 게 뭔지 몰라도 힘이 없어 보이는 게 퍽 늙은 것 같다. 동물들도 그랬다. 잘 달리지도 못하고 이도 빠지고 병에 걸려 적의 습격을 기다렸다. 그가 어떻게 여태 살아남았는지 놀라웠다. 아이는 넋이 나간 얼굴로 남자를 바라보았다. 그가 아직까지 살아있는 비밀을 알아내고 싶었다. 그가 왜 여기 있는지, 혼자인지, 친구나 가족은 없는지, 고독한지.

어쩌면 자기 모습을 가진 마지막 인류일지도 모를 그 남자에게 아이는 기대를 걸었다. 아이의 가슴이 벅차올랐다. 그는 비밀의 열쇠를 가진 유일한 사람이었다.

아이가 말을 걸었다. 남자는 반응이 없었다. 아이가 좀 더 큰 목소리로 말했다. 그 순간 남자가 벌떡 일어났다. 허리춤에 있던 총을 꺼내 방아쇠를 당겼다.

소녀가 섬으로 달려왔을 때 아이는 사라진 뒤였다.

테이블 위로 양초가 흐느끼듯 녹아내리고 있었다.

소녀는 오두막 안에 피를 뒤집어쓰고 죽은 남자의 시신을 보았다. 볍씨처럼 누런 두 눈이 천장 모서리를 노려보고 있었다.

소녀는 동이 틀 때까지 섬을 샅샅이 뒤졌다. 아이의 이름을 목이 터져라 불렀다. 아이가 대꾸하지 않는 한 아이를 볼 수 없었으므로. 그래서 그녀는 서글프게 울면서 섬을 돌아다녔다.

소녀는 일주일 넘게 섬 주변을 떠나지 않았다. 워낙 작은 섬이라 그녀의 목소리는 섬 어디에도 잘 들렸다. 얼마나 아이의 이름을 불렀는지 나중에는 그 섬에 있는 모든 것들이 소녀를 따라 아이를 부를 정도였다.

그 섬 전체가 아이를 찾아 헤맸다.

"돌아와!"

아이는 대답하지 않았다.

죽음의 골짜기

아이는 정신없이 도망쳤다. 조금 전 남자가 방아쇠를 잡아당긴 장면이 자꾸만 되풀이되어 생각났다. 왜일까? 내가 말을 걸었기 때문일까? 아이는 남자의 머리통에 야자처럼 구멍이 뚫리고 끈적끈적한 핏물이 삐져나오는 모습을 보았다.

아이는 허둥지둥 섬을 빠져나갔다. 소녀가 마음에 걸리긴 했지만 그 애를 보고 싶진 않았다.

"그 섬에 두 번 다시 가면 안 돼."

소녀는 몇 번이나 신신당부했다. 아이는 소녀가 미웠다. 그 애는 처음부터 이렇게 될 줄 알고 있었던 것이다.

남자가 자신의 머리에 대고 방아쇠를 당겼을 때 아이는 그가 자신이 찾던 진짜 인간이 아니라는 걸 깨달았다. 그가 정말 인간이라면 그러한 방식으로 자기 자신을 포기할 수 없다.

남자는 아이와 소녀가 만들어낸 환상이었다.

인류의 비밀을 풀기 위해 소녀는 여행을 떠나는 대신 인간에 관한 수많은 책을 읽었다. 과학책이나 역사책보다 소설책이 인간에 대해 더 많은 걸 알려주었다. 그녀가 가장 좋아한 책은 무인도에 표류한 한 남자의 이야기였다. 그가 집을 짓고 사냥을 하며 어떻게든 목숨을 부지해가는 내용이었다. 소녀가 그 책에 끌린 것은 외로움에 관한 책이라서가 아니다. 보이지 않는 것에 대한 이야기였기 때문이다.

소녀는 한 아이가 비밀을 찾으러 다닌다는 소문을 들었다. 그 아이와 친구가 되고 싶었다. 소녀는 일부러 아이에게 접근했다. 소녀의 견고한 상상력을 알 길 없는 아이는 조금도 의심하지 않았다.

아이가 행복해할수록 소녀는 두려웠다. 진실을 알아차리는 즉시 아이가 떠날 것만 같았으니까.

남자의 죽음은 소녀도 예상하지 못한 결말이었다. 남자는 너무 오래 혼자 지낸 나머지 아이의 목소리를 듣는 순간 공포에 빠졌다. 그는 조난 당할 때 총 한 자루를 몸에 지니고 있었다. 여덟 발의 총알 중 일곱 발을 써버리고 나머지 한 발은 아껴두었다. 그는 그 총알을 영원처럼 자신의 머리에 박았다.

아이는 끔찍한 절망감을 느끼며 앞으로 나아갔다. 어디로 가는지도 모른 채 달리고 또 달렸다. 그러다 문득 걸음을 멈추고 주위를 둘러보았을 때 오직 자신만 빼고 세상이 그대로라는 걸 깨달았다.

세상은 여전히 아름다웠다. 여전히 그를 사랑하지 않았다.

그는 송곳니 노래를 부르던 가수를 떠올렸다. 송곳니만 악기로 변해버린 게 아니다. 사람도 악기로 변해버렸다. 그들은 과거에 관한 노래만 부르고 미래에 관한 노래는 부르지 않는다. 그럴 필요가 없기 때문이다. 인류의 업적은 자신을 보이지 않게 할 뿐만 아니라 자기 자신을 잊어버리게 한 것이다.

아이는 이 드넓은 세상에 자신이 찾는 게 없다는 게 여전히 믿기지 않았지만(반대로 생각하면 이 세상에 없는 걸 찾는 게 가능한 일이긴 할까?) 어디까지나 그것이 믿음의 문제라면 이 세상을 믿을 필요가 없다고 생각했다.

"이건 진짜가 아니야!"

아이가 소리쳤다. 그 순간 자신의 귓전을 울리는 바람 소리를 들었다.

산양 한 마리가 절벽에 서서 바람이 일으키는 흙먼지를 바라보았다. 집채만 한 바람이 이쪽으로 오고 있었다. 산양이 울기 시작하자 다른 산양들도 몰려들었다. 그들도 고개를 빼고 바람을 보았다. 바람이 방향을 틀어 구름을 몰고 지평선 너머로 사라지는 걸 보고 나서야 폴짝폴짝 뛰어 바위 아래로 내려갔다.

아이는 바람에 휩쓸렸다.

눈을 떴을 때는 어둠 속에 있었다. 고래 뱃속 같은 어둠이 영혼의 그림자처럼 끝도 없이 늘어져 있었다. 축축하고 습한 기운에 아이가 몸을 움츠렸다.

'죽음의 골짜기야.'

어릴 때 아이는 엄마에게 죽음이 뭔지 물어보았다. 인류에게 죽음은 여전히 신비하고도 두려운 대상이었다. 엄마는 인류의 몸에 심장이 사라진 대신 이야기가 있으며 이야기가 떨어지면 죽는다고 했다. 그런 사람들은 죽음의 골짜기에 가서 살게 된다고 했다.

아이는 주위를 둘러보았다. 거기 아이 말고도 다른 사람들도 있었다. 그중 한 명이 말을 걸었다.

"넌 여기 왜 온 거냐?"

"인간의 몸을 찾지 못해서요. 아저씨는요?"

"나도 비슷해. 사는 게 지겨웠지. 원하는 게 없었거든."

남자가 왜 인간의 몸을 찾으려고 하는지 물었다. 아이의 말을 듣고 남자가 비웃었다.

"나는 너 같은 사람들을 많이 봤어. 그들은 모두 보이지 않는 뭔가를 찾아다녔지. 꿈이나 희망처럼. 사람은 누구나 없는 걸 있다고 믿고 싶어 해."

"하지만 꿈은 있어요. 희망도요. 없는 건 몸뿐이에요."

"희한한 소릴 하는구나. 여기 있는 사람들은 아무것도 믿지 않아."

아이는 두려움을 느꼈다. 아이는 아직도 자기가 뭔가를 믿고 싶어 한다는 걸 깨달았다.

아이는 죽음의 골짜기를 둘러보았다. 그곳은 세상의 모든 멈추어버린 이야기들이 고여 있는 곳이었다. 지독한 악취가 나고, 아주 쓸쓸했다.

아이가 여길 빠져나가게 해달라고 말했다. 남자는 그건 곤란하다고 말했다. 죽음의 골짜기에 들어온 사람은 도로 나갈 수 없다는 것이다.

"하지만 전 아직 살아 있는 걸요."

"그렇게 믿고 싶은 거겠지. 넌 제멋대로인 아이지 않니."

"맞아요. 그게 바로 제가 이곳과 어울리지 않는다는 뜻이에요. 알려주실 거죠, 아저씨? 네?"

아이가 졸랐다. 남자는 망설였다. 그는 한때 아이들을 가르치는 교사였지만 아이들은 더 이상 그에게 아무것도 배우려고 하지 않았다. 그는 아주 오랜만에 자신에게 도움을 청하는 어린 소녀를 바라보았다.

"좋아, 하지만 한 번 더 이곳에 오면 그땐 정말 방법이 없을 거다."

"그런 일은 없을 거예요."

남자가 별수 없다는 듯 고개를 끄덕거렸다. 물론 아이에게는 보이지 않았다.

"저기 나무 보이니?"

남자의 목소리가 향하는 곳으로 아이가 고개를 돌렸다.

"아뇨, 아무것도 안 보이는데요."

"다시 한번 자세히 보렴."

그제야 웬 고목이 눈에 들어왔다. 불에 탄 것처럼 까맣게 썩고 이끼들에 뒤덮여 있어 아까는 눈에 띄지 않았다.

"오늘 밤 사람들이 다 잠들면 저 나무 밑으로 오렴."

남자는 사람들이 절대 이 계획을 알아선 안 된다고 했다.

아이는 밤이 될 때까지 기다렸다. 죽음의 골짜기는 달도 없고 별도 없어서 밤이 왔는지 알 수 없지만 어디선가 코 고는 소리가 났다. 이윽고 사람들이 자면서 내는 숨소리가 합창하듯 들려왔다.

아이도 졸렸다. 아이는 잠들지 않으려고 눈을 부릅뜨고 안간힘을 썼다. 막 눈꺼풀이 떨어지려는 찰나 남자가 속삭였다.

"지금이야."

두 사람은 나무로 갔다.

가까이서 보니 나무는 매우 컸다. 아이가 밤새 돌아도 다 못 돌 만큼 두껍고 높기도 무지 높았다. 코를 찌르는 퀴퀴한 냄새도 이 나무 때문이었다.

"이렇게 큰 나무는 처음 봐요."

아이가 감탄했다.

"죽음의 골짜기에 있는 유일한 나무지."

"이 나무는 죽은 건가요?"

"나도 몰라. 죽었다면 죽었다고도 볼 수 있겠지."

남자가 말했다.

"잠시만 기다리렴."

남자가 나무를 한참 노려보다가 그중 가장 날카로워 보이는 나뭇가지를 하나 꺾었다. 그걸로 자신의 몸을 찌르자 쩍

하고 금이 갔다. 아이는 남자가 자기 몸을 찌른 줄도 모르고 웬 어둠 속에 빛 하나가 점점 밝아지는 걸 보았다. 아이의 입이 벌어졌다.

"여기로 나가면 된다."

"아저씨는 안 가세요?"

"난 못 가."

남자가 슬픈 목소리로 말했다.

"난 오랫동안 여기 있었어."

"저랑 같이 가요."

"무얼 위해서? 인간의 몸을 같이 찾으러 가잔 말이냐?"

남자가 미친 듯이 웃었다.

"말했다시피 나는 아무것도 믿지 않아. 하지만 지금 이 순간부터 하나는 믿게 될지도 모르겠구나."

"그게 뭔데요?"

남자는 대답하지 않았다. 그는 나뭇가지가 꽂힌 자리가 벌어지면서 자신의 영혼이 으스러지는 것을 느꼈다.

"어서 가거라."

남자가 소리쳤다.

"시간이 없어. 계속 여기 살고 싶으냐?"

"아뇨."

아이는 무서웠지만 용기를 냈다.

"고마워요, 아저씨. 평생 이 은혜를 잊지 않을게요!"

아이가 남자의 몸 한가운데를 뚫고 들어갔다. 이윽고 빛이 사라지고 두 사람이 사라진 자리에 나뭇가지 하나만이 덩그러니 남았다. 사람들의 숨소리가 점점 더 커져갔다.

비밀의 열쇠

아이는 달리고 또 달렸다.

밤하늘에 반짝이는 별을 발견하고 나서야 걸음을 멈추었다. 아이는 안도의 한숨을 쉬었다.

그것은 별이 아니었다.

어둠 속에서 재규어 한 마리가 입맛을 다시고 있었다. 너구리가 땅속에 있는 나무뿌리를 파먹는 걸 지켜보고 있었다. 아이가 재규어의 귀에 대고 왁! 하고 소리를 지르자 놀라서 달아났다.

너구리도 굴속으로 잽싸게 도망쳤다. 아이도 굴속에 따라 들어갔다. 거기 새끼 너구리들이 다섯 마리 있었다. 어미를 보자마자 달라붙어 털 속에 몸을 비비고 잠을 청했다. 아이도 그 옆에 웅크리고 눈을 감았다.

아이도 엄마가 보고 싶었다. 집을 떠나온 게 언제였는지 기억도 나지 않았다. 엄마가 어디 있는지 알 수도 없지만 설령 알게 된다 한들 돌아갈 수는 없었다. 그것은 엄마를 실망시키는 일이 될 테니까.

아이는 소녀와 함께 갔던 섬을 떠올렸다. 아이는 그 섬의 위치를 기억하고 있었다. 그 섬에서 다시 시작해보면 어떨까 하는 생각이 들었다.

아이는 날이 밝기를 기다려 섬으로 달려갔다. 소녀는 해변에 앉아 있다가 바람이 전해주는 따뜻한 온기로 소년이 돌아온 걸 알았다.

소녀가 눈물을 흘리며 소년에게 달려갔다.

"걱정했어."

아이도 막상 소녀를 보자 반가웠다. 그 애는 거짓말을 하긴 했지만(정확히 말하면 진실을 숨긴 것이다) 그것은 아이를 기쁘게 해주기 위해서였다. 소녀가 계속 거기서 자길 기다렸다고 생각하니 미안한 마음도 들었다.

소녀는 두 번 다시 아무것도 숨기지 않겠다고 맹세했다.

두 사람은 그 섬에 머물렀다. 아름다운 섬이었다. 그들은 사이좋은 풀잎처럼 포개어 잠이 들었으며 날이 밝으면 바닷물에 잠긴 금빛 실을 보았다. 새벽에 바다거북이 뭍으로 올라와 크림색 알을 낳는 것을 지켜보았으며 나뭇가지에 맺힌 열매들의 색이 점점 선명해지고 포동포동해지는 것을 보았다.

소녀는 아이가 또다시 떠날까 봐 두려워했다. 아이는 그럴 일은 없을 거라고 말했다.

"이젠 인간의 몸을 찾지 않을 거야. 그럴 필요가 없어졌거든."

아이가 말했다.

"중요한 건 어딘가 있다고 믿는 거야."

아이는 소녀에게 죽음의 골짜기에 대해 이야기해주었다. 자신을 도와준 남자에 대해서도 말했는데 소녀는 아마도 그가 죽음의 골짜기에서 나왔을 거라고 말했다.

시간이 지나자 두 사람은 오두막에서 지냈다. 그들은 비가 새지 않게 지붕에 나무를 촘촘하게 덧대고 창문에 바나나잎으로 된 커튼도 달았다. 들꽃을 꺾어 방 안을 꾸미고 하나뿐이던 의자를 두 개로 늘렸다. 밤이 되면 양초는 자기 몸 주위로 작은 원을 만들었다.

두 사람은 잠들기 전 자신이 보고 느낀 것들을 이야기했다. 한 사람이 이야기하면 다른 한 사람은 눈을 감고 조용히 그것을 상상했다. 그것은 즐거운 일이었다.

그들은 그 작은 섬에서 오랫동안 함께했다. 아무도 그 섬에 찾아오지 않았다.

어느 날 오두막에 아기 울음소리가 들렸다. 아기는 갈색 곱슬머리와 반질반질한 두 눈, 황새치처럼 단단하게 여문 살을 가지고 태어났다.

아이는 몹시 영리했다. 누가 가르쳐주지 않았는데도 열매를 따고 나뭇가지를 깎아 사냥을 했다. 그물을 놓아 물고기도 잡았는데 아직 덜 큰 새끼들은 놓아주었다.

하루는 커다란 소라껍데기를 주웠다. 후우 하고 불자 아득하고 깊은 소리가 났다. 아이는 소라껍데기에 구멍을 뚫었다. 손가락으로 구멍을 막는 위치에 따라 소리가 다 다르게 났다. 아이는 틈만 나면 소라를 들고 나가 연주를 했다. 섬에 있는 모든 것이 그 소리에 귀를 기울였다. 그것은 이 섬에서 한 번도 난 적 없는 소리였으니까. 그들은 그것을 누가 연주하는지 알았다. 그 아이가 누구의 아이인지도, 왜 태어났는지도, 얼마나 사랑스러운 존재인지도 알았다.

아이만이 자기가 누구인지 궁금해했다. 기억이 또렷해지기 시작한 시점부터 아이는 늘 혼자였다. 아이는 외롭지는 않았지만, 때때로 불안해했다. 언제까지 이렇게 살지 알 수 없었기 때문이다.

그는 매일 소라껍데기로 연주를 했다. 잠들기 전 한두 시간은 꼬박꼬박 작곡을 했다. 날이 밝으면 곡을 연습했다. 아이의 실력은 나날이 발전했다. 그것은 저 멀리 수백 킬로미터 떨어진 또 다른 섬에까지 들렸다.

한 여자아이가 그 소리를 들었다.

"아빠! 들어봐요! 음악 소리예요!"

아버지가 그물 손질을 멈추었다. 그는 눈은 밝을지 몰라도 귀는 어두웠다. 심한 난청이었다.

"아무것도 안 들리는데."

아버지가 배의 엔진 시동을 켰다. 엔진 소음에 음악 소리가 묻혀버렸다. 소녀는 침울해졌다.

'대체 저 음악을 연주하는 사람은 누굴까?'

다음 날 소녀는 배를 타는 대신 높은 곳으로 올라갔다. 음악 소리는 어제보다 더 크고 명료하게 들렸다. 아이는 황홀한 미소를 지었다.

그날 이후 소녀는 아버지를 도우러 배에 타지 않았다. 음악 소리에 정신이 팔려 밖을 나돌아다녔다.

아버지는 아이를 나무라지 않았다. 그는 겉보기엔 거칠어도 다정한 사람이었다. 그는 딸아이가 이 외딴 섬에서 외로울까 봐 걱정했다. 딸아이는 행복해 보였다. 음악 소리를 듣게 된 이후로 조금도 따분해하지 않았다.

그날도 소녀는 음악 소리에 귀를 기울였다. 소녀는 그 연주가 세상에서 가장 아름답다고 확신했다.

"언젠가 내가 배를 몰 줄 알게 되면 저 소리를 찾아갈 거야!"

소녀는 결심했다. 소녀는 한달음에 달려와 막 배를 몰고 나가려는 아버지를 따라나섰다. 먼 훗날, 소녀가 커서 정말 배를 몰고 가 아이를 만났는지는 확실치 않다. 하지만 우리는 이 이야기를 누가 만들었는지는 안다.

작가의 말

아직 발표한 적 없는 단편 중에 거짓말을 일삼는 남자의 이야기가 있다. 그는 사람들에게 자신의 신변에 대한 끔찍한 거짓말을 하고 다닌다. 진실을 알게 된 사람들이 왜 거짓말을 했냐고 따지면 그는 "거짓말이라니 다행이군"이라며 기뻐한다.

거짓말은 남자가 세상을 견디는 방식이다. 나 역시 같은 이유로 거짓말을 한다. 다른 게 있다면 그것이 소설이라는 것이고 내가 하는 거짓말은 현실보다는 좀 더 낙관적이라는 것이다.

소설의 좋은 점은 그것이 소설이라는 것이다. 소설은 가공의 이야기다. 한마디로 허구다. 실제 현실에서 일어나지 않은 이야기이기 때문에 슬퍼할 필요도, 괴로워할 필요도 없다. 사람들이 소설을 읽는 이유도 비슷할 것이다. '진짜'가 아니라는 게 실망스러울 수는 있지만 '진짜 같은 가짜'라면 이야기는 달라진다.

이 소설집은 소설에 대한 이야기다. 내가 소설을 쓰는 이유가 이 책 한 권에 녹아 들어가 있다. 그러한 이유로 「작가의 말」을 쓰는 게 옳은 일인지 모르겠다. 지금 여기 하는 말은 '진짜'가 되어버리기 때문이다.

눈치 빠른 독자들은 소설집의 인물에 이름이 없다는 걸 알아차렸을 것이다. 괴벽 같지만 나는 인물에 이름 붙이기 어려워한다. 너무 '진짜' 같으면 타인처럼 느껴지기 때문이다. 다소 모순적일지 몰라도 나는 그들을 가공의 인물로 생각한 적이 없다. 그들은 바로 나이기도 하니까.

소설집의 주인공들은 하나같이 별 볼 일 없는 사람들이다. 어딘가 이상하고 모자라고 괴짜 같은 사람들. 하지만 그들은 선량한 마음씨와 세상에 대한 따뜻한 시선을 지니고 있다. 끈질기게 삶의 의미를 추구하며 희망을 잃지 않는다. 독자들도 나의 친구들을 사랑해주었으면 좋겠다.

끝으로 나의 거짓말을 허락해준 나무옆의자에 감사의 인사를 전한다. 세상의 그 어떤 보석보다 값진 선물이 되었다.

2024년 10월

양지윤

추천의 말

현대인은 불안하고 우울하다. 불안과 우울은 '나'라는 존재가 언제든 손쉽게 누군가로 "교체"(11쪽)될 수 있다는 냉혹한 현실로부터 비롯된다. 가치와 효용이라는 자본주의의 완고한 논리 앞에서, 한 사람 한 사람의 대체할 수 없는 삶과 존엄은 무력한 수사가 되어버렸다. 애석하게도, 그리고 끔찍하게도 현대는 현대인을 "활용"하고 "훼손"(21쪽)한다. 양지윤의 『나무를 훔친 남자』는 그러한 세태를 향해 외치는 파산선고다. 양지윤의 소설은 모든 것을 숫자로 환산하는 "bank(은행)"의 로직을 "bankruptcy(파산)"(82쪽)의 에너지로 비틀어버린다. 소설 속에 등장하는 '별난' 인물들은 주어진 규칙을 거부하고 정해진 경로를 이탈하는데, 그들은 처음에는 '그'와 '그녀'라는 대명사로 호명되지만, 끝내 무엇으로도 대신할 수 없는 고유성을 가진 개별자의 '나'로 귀결된다. 그들은 동시대의 환멸과 희망, 양자 모두와 겨룬다. 물론 '우리 시대의 아트'의 힘을 믿지 않는 이들에게 그것은 아무런 가치도 효용도 없는 낙서에 불과하겠지만, 무너지지 않을 것 같았던 벽들은 때때로 총과 칼이 아닌 낙서에 의해서 허물어지기도 했다는 사실을 기억한다면 이 이야기들에 주목해야 할 이유는 충분하다. 양지윤의 이야기는 만성적인 불안과 우울에 시달리는 우리에게 "특색 없는 인간"(177쪽)들의 통쾌한 반란에 동참할 것을 제안한다.

하혁진(문학평론가)

나무를 훔친 남자

초판 1쇄 인쇄 2024년 10월 14일
초판 1쇄 발행 2024년 10월 21일

지은이 양지윤
펴낸이 이수철
주 간 하지순
편 집 김종숙
디자인 박예진
영업관리 오세미
콘텐츠개발 전강산, 송인욱, 최진영
영상콘텐츠기획 김남규
관 리 진호, 황정빈, 전수연

펴낸곳 나무옆의자
출판등록 제396-2013-000037호
주소 (10449) 경기도 고양시 일산동구 호수로 358-39 동문타워1차 703호
전화 02) 790-6630 팩스 02) 718-5752
전자우편 namubench9@naver.com
인스타그램 @namu_bench

ISBN 979-11-6157-197-3 03810